ダーウィンに挑んだ文学者

サミュエル・バトラーの生涯と作品

清宮倫子

南雲堂

サミュエル・バトラーの肖像
(ゴーギャン作、ナショナル・ポートレイト・ギャラリー所蔵)

NPG 1599 Samuel Butler by Charles Gogin, oil on canvas, 1896

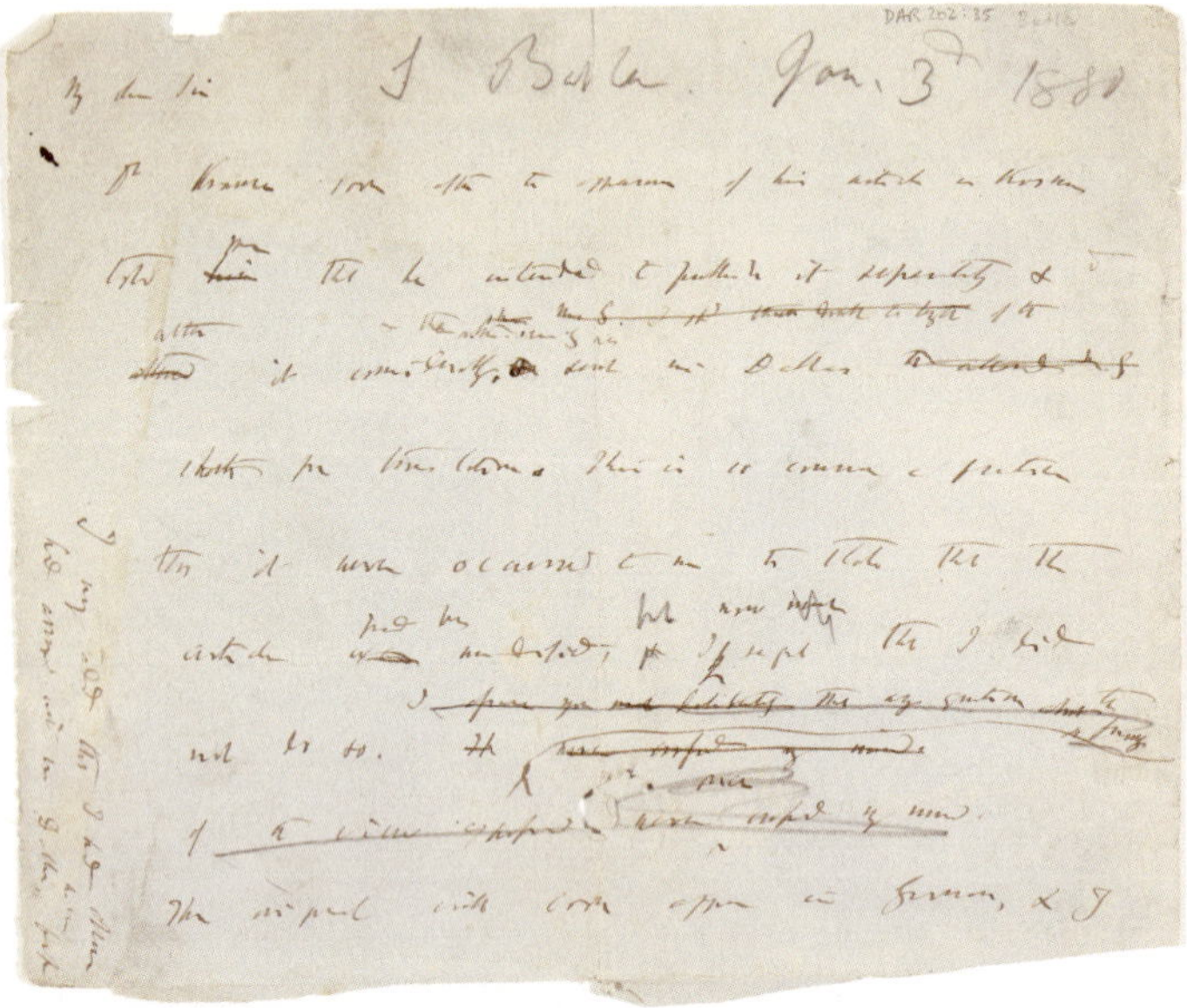

チャールズ・ダーウィンからサミュエル・バトラー宛の手紙の下書き
（1880年1月3日付、ケンブリッジ大学図書館所蔵）

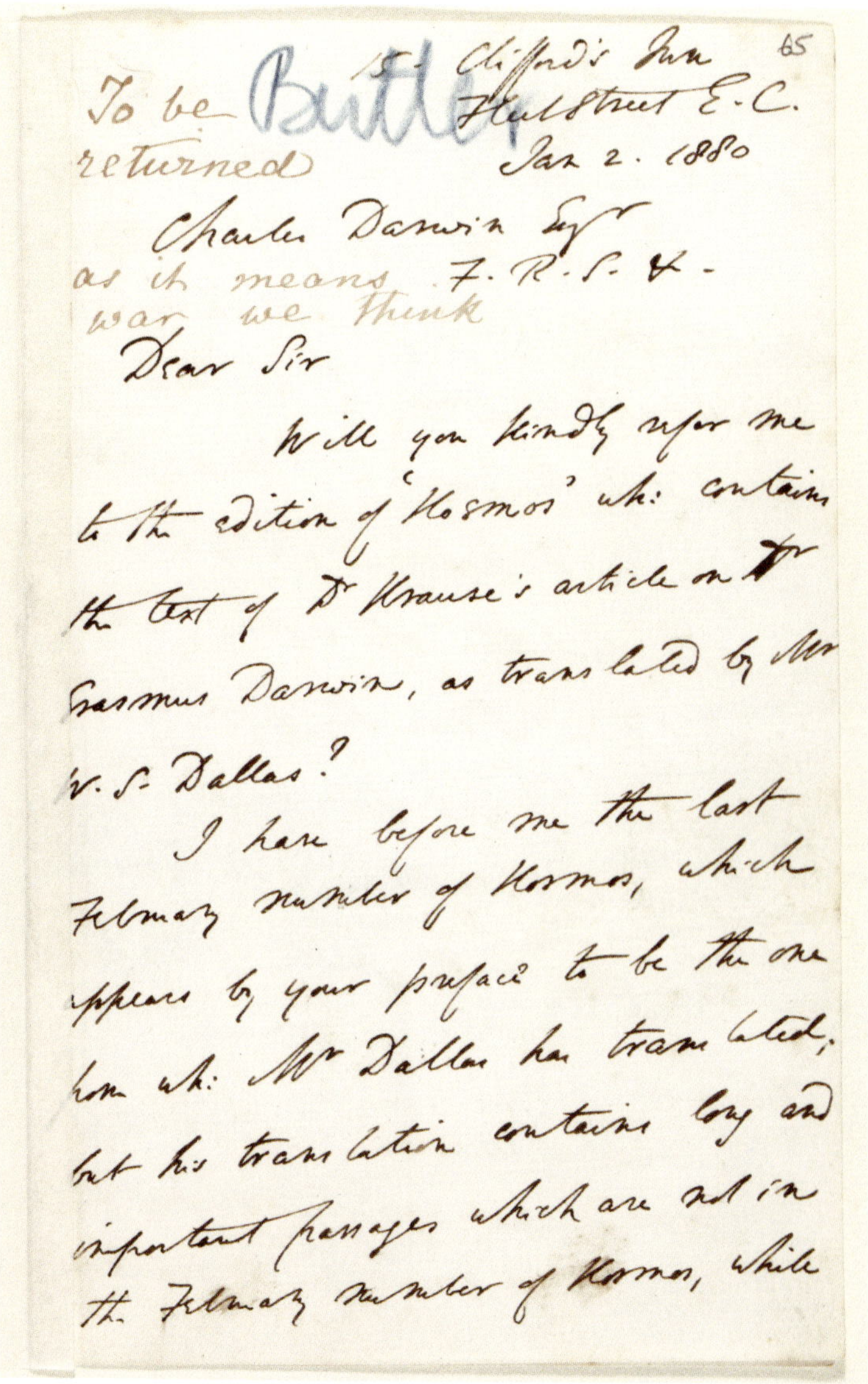

65

To be returned as it means war we think

Butler

15 Clifford's Inn
Fleet Street E.C.
Jan 2. 1880

Charles Darwin Esqr F.R.S. &c.

Dear Sir

Will you kindly refer me to the edition of 'Kosmos' wh: contains the text of Dr Krause's article on Dr Erasmus Darwin, as translated by Mr W. S. Dallas?

I have before me the last February number of Kosmos, which appears by your preface to be the one from wh: Mr Dallas has translated; but his translation contains long and important passages which are not in the February number of Kosmos, while

サミュエル・バトラーからチャールズ・ダーウィン宛の手紙
（1880年1月2日付、ケンブリッジ大学図書館所蔵）

ケンブリッジ大学セント・ジョンズ・コレジ正門（1850年頃、バトラーは右端の建物に寄宿していた。）

現在のセント・ジョンズ・コレジ正門

バトラーがポケットに入れて持ち歩いた書き込みのある『イーリアス』の原書（バトラー・コレクション所蔵）

セント・ジョンズ・コレジ
付属図書館内の
バトラー・コレクション

comparing each section with what I have said on the same head, I never before felt so strongly convinced of the general truth of the conclusions here arrived at, subject, of course, in so intricate a subject, to much partial error.

All Mr. Mivart's objections will be, or have been, considered in the present volume. The one new point which appears to have struck many readers is, "that natural selection is incompetent to account for the incipient stages of useful structures." This subject is intimately connected with that of the gradation of characters, often accompanied by a change of function,—for instance, the conversion of a swim-bladder into lungs,—points which were discussed in the last chapter under two headings. Nevertheless, I will here consider in some detail several of the cases advanced by Mr. Mivart, selecting those which are the most illustrative, as want of space prevents me from considering all.

The giraffe, by its lofty stature, much elongated neck, fore-legs, head and tongue, has its whole frame beautifully adapted for browsing on the higher branches of trees. It can thus obtain food beyond the reach of the other Ungulata or hoofed animals inhabiting the same country; and this must be a great advantage to it during dearths. The Niata cattle in S. America show us how small a difference in structure may make, during such periods, a great difference in preserving an animal's life. These cattle can browse as well as others on grass, but from the projection of the lower jaw they cannot, during the often recurrent droughts, browse on the twigs of trees, reeds, &c., to which food the common cattle and horses are then driven; so that at these times the Niatas perish, if not fed by their owners. Before coming to Mr. Mivart's objections, it may be well to explain once again how natural selection will act in all ordinary cases. Man has modified some of his animals, without necessarily having attended to special points of structure, by simply preserving and breeding from the fleetest individuals, as with the race-horse and greyhound, or as with the game-cock, by breeding from the victorious birds. So under nature with the nascent giraffe, the individuals which were the highest browsers and were able during dearths to reach even an inch or two above the others, will often have been preserved; for they will have roamed over the whole country in search of food. That the individuals of the same species often differ slightly in the relative lengths of all their parts may be seen in many works of natural history, in which careful measurements are given. These slight proportional differences, due to the laws of growth and variation, are not of the slightest use or importance to most species. But it will have been otherwise with

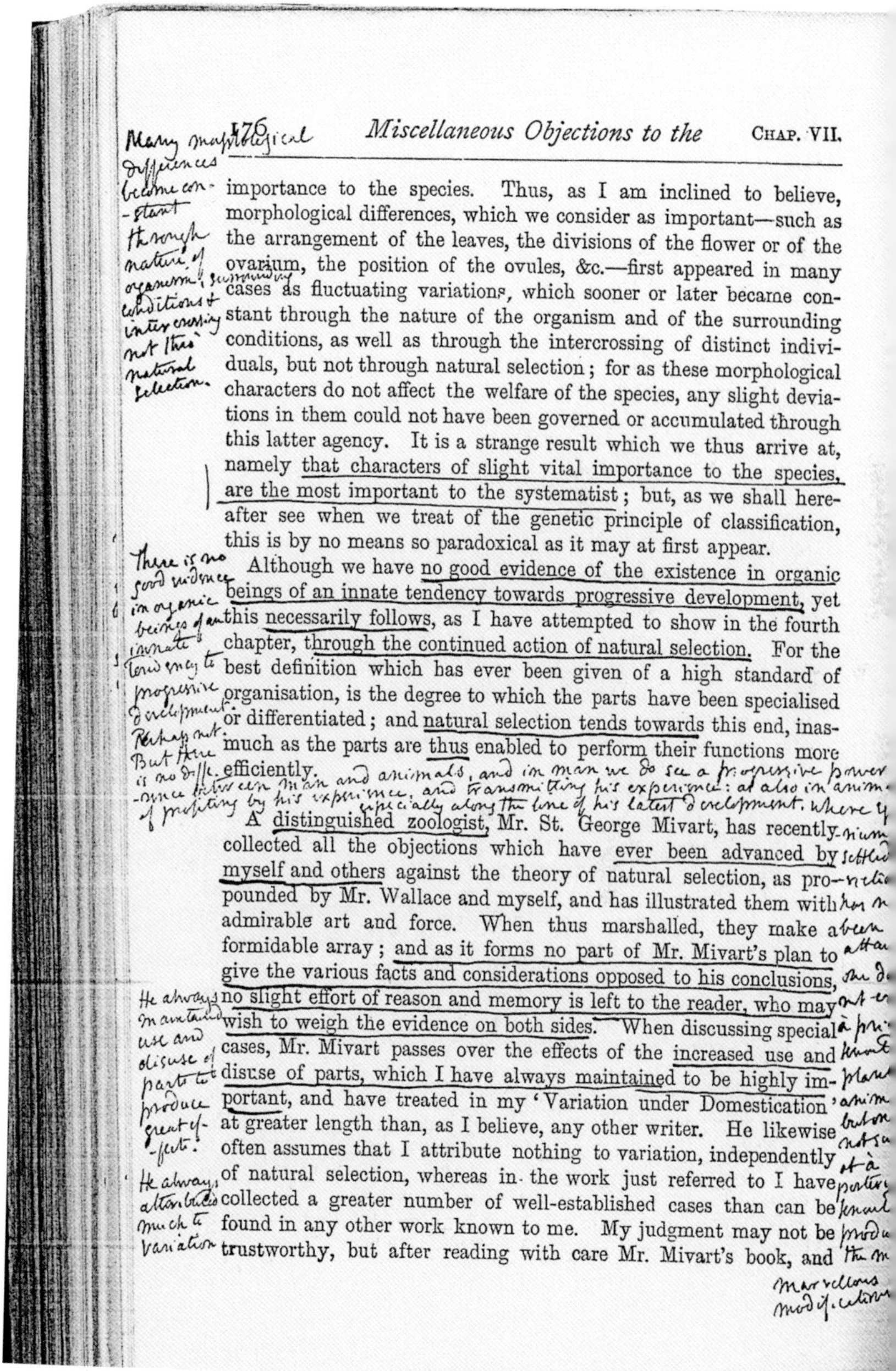

importance to the species. Thus, as I am inclined to believe, morphological differences, which we consider as important—such as the arrangement of the leaves, the divisions of the flower or of the ovarium, the position of the ovules, &c.—first appeared in many cases as fluctuating variations, which sooner or later became constant through the nature of the organism and of the surrounding conditions, as well as through the intercrossing of distinct individuals, but not through natural selection; for as these morphological characters do not affect the welfare of the species, any slight deviations in them could not have been governed or accumulated through this latter agency. It is a strange result which we thus arrive at, namely that characters of slight vital importance to the species, are the most important to the systematist; but, as we shall hereafter see when we treat of the genetic principle of classification, this is by no means so paradoxical as it may at first appear.

Although we have no good evidence of the existence in organic beings of an innate tendency towards progressive development, yet this necessarily follows, as I have attempted to show in the fourth chapter, through the continued action of natural selection. For the best definition which has ever been given of a high standard of organisation, is the degree to which the parts have been specialised or differentiated; and natural selection tends towards this end, inasmuch as the parts are thus enabled to perform their functions more efficiently.

A distinguished zoologist, Mr. St. George Mivart, has recently collected all the objections which have ever been advanced by myself and others against the theory of natural selection, as propounded by Mr. Wallace and myself, and has illustrated them with admirable art and force. When thus marshalled, they make a formidable array; and as it forms no part of Mr. Mivart's plan to give the various facts and considerations opposed to his conclusions, no slight effort of reason and memory is left to the reader, who may wish to weigh the evidence on both sides. When discussing special cases, Mr. Mivart passes over the effects of the increased use and disuse of parts, which I have always maintained to be highly important, and have treated in my 'Variation under Domestication' at greater length than, as I believe, any other writer. He likewise often assumes that I attribute nothing to variation, independently of natural selection, whereas in the work just referred to I have collected a greater number of well-established cases than can be found in any other work known to me. My judgment may not be trustworthy, but after reading with care Mr. Mivart's book, and

サミュエル・バトラーの書き込みのある『種の起源』(バトラー・コレクション所蔵)

サミュエル・バトラー作『家族の祈り』
（セント・ジョンズ・コレジ所蔵）

ダーウィンに挑んだ文学者　目次
——サミュエル・バトラーの生涯と作品

序　論　7
第一章　チャールズ・ダーウィンとの対峙　22
一　異議の提出　22
二　階層のエートスの乖離　35
第二章　サミュエル・バトラーの反骨精神　49
一　ヴィクトリア朝社会への批判　49
二　自然科学への反発　59
三　文学・芸術の権威への問題提起　67
第三章　ユートピア物語『エレホン』　83
第四章　教養小説『肉なるものの道』　104
第五章　アフォリズム『ノートブックス』　125

結び　自然科学と文学とバトラー　138
付論　芥川龍之介へのバトラーの影響　147
註　165
引用・参考文献　175
バトラーの年表　185
対照年表　191
あとがき　193
索引　204

ダーウィンに挑んだ文学者

――サミュエル・バトラーの生涯と作品

序論

イギリス人が誇る大科学者チャールズ・ダーウィンは文学者でもあった。科学上の優れた業績を残したいという野望を自らの心のなかに認めていたが、選んだ職業は文筆業であった。ビーグル号での航海録である『ビーグル号航海記』は、当時流行していた航海紀行文学に属するものであり、好評だったために、「他の著作のどれよりも自分の虚栄心をくすぐり続けている」(『ダーウィン自伝』九六)と彼自身が述懐しているし、『ダーウィン自伝』も当時著名人の誰もが手をそめていた自伝文学の中でベストセラーとなった。つまり、彼は少なくともこの二つの著作をもってイギリス文学に貢献したのである。主著『種の起源』もいわば『ビーグル号航海記』の延長線上に同じ読者層を想定して出版された。[1] ジリアン・ビア の『ダーウィンのプロット』は、『種の起源』を文学として扱った最初の業績としても評価されるべきなのである。科学と文学の両分野に専門領域を持つダーウィンの出現は、専門的科学者が提示する新しい人間観・世界観と、古く伝統あるキリスト教会に支持された人間観・世界観との対立、すなわちヴィクトリア朝文化の二分化を孕《はら》む大事件であった。

イギリスの定期刊行物は、十九世紀を通して通常、文学と科学の両分野を同じ雑誌が取り上げた。当時の定期刊行物はかなりの数に上《のぼ》るが、たとえば、『絵入りロンドンニューズ』（*Illustrated London News*）にしても『コーンヒル・マガジン』（*Cornhill Magazine*）にしても、中産階級の人々の旺盛な興味と関心に幅広く対応したもので、記事の内容は実に雑多である。

自然科学と文学が発表の場を共有していたヴィクトリア朝時代の文化状況は、興味深い研究分野を提供している。そして、進化論こそがヴィクトリア朝時代の文化の中心に位置するきわめて興味深いテーマの一つとなった。

一九六〇年代以前の科学史家は、今日の科学の礎を築いた科学者を過去の文化的社会的文脈に置いて、自然についての真実を認識している啓蒙的な科学者対、無知な人々と無理解な社会という対立図式を描き続けてきた。やがて科学史家の中で反省の気運が高まり、科学者を取り巻く文脈にも注意が払われるようになった。これには、『種の起源』の出版百年記念を契機にしたダーウィンへの関心が一役買っていることは確かである。[2] しかし当時も、科学以外の分野の研究成果が科学法則の発見を促《うなが》したと推察することを、科学史家たちは好まなかった。

しかし一九七〇年代に入り、科学とそれ以外の分野の障壁がますます取り払われるようになり、ヴィクトリア朝文化においては、科学が最も重要な側面を形成していたことが認められるとともに、科学と他の分野の複雑な関係が注目されるようになった。その中で、歴史家ロバート・ヤングが主に一九七〇年代に発表した論文を編集した『ダーウィンの隠喩』は特筆すべきである。彼はネオマルキシストとして、ヴィクトリア朝文化のいわば下部構造とでもいうべきものを想定し、ダーウィン進化論の要諦である「自然選択」を実行する者は、神なのか、神が払拭された「自然」そのものなのかが明確ではないとし、ウィリアム・ペイリーの自然神学と経済学者トマス・マルサスの「人口論」とが同居できる文化的文脈が、ヴィクトリア朝時代には存在したと論じた。彼のパラダイムは宗教的、哲学的、政治的な議論をも取り込むことを可能にしたのである。

一九八〇年代になると、自然科学ばかりではなく社会学や文化人類学や心理学や倫理学などの様々な分野からの成果が進化論研究に拍車をかけるようになった。このアプローチは「文脈主義」(contextualism) と言われている。この中で、植民地主義や階級やジェンダーの問題も論じられ、さらに、ダーウィンやトマス・ヘンリィ・ハクスレーのような専門的エリートばかりではなく、様々な進化論を奉じた一般の知識人たちの存在と、今日の科学評論家 (science writer) の先駆者ともいうべき、科学を一般の人々に解説する人（popularizer of science）の存在も掘り起こされた。当然、文学研究もこの動きに強く反応した。前述の『ダーウィンのプロット』もその一例である。著者のビアは、ジョージ・エリオットとトマス・ハーディの文学にダーウィン進化論の影響を探り、着想、隠喩、神話、語りの形において、同じ「言説」（discourse）が文学者と科学者の間を行き来していると論じている。

これからもこの分野での優れた研究はますます盛んになっていくと予想されるが、このような「文脈主義」の立場でヴィクトリア朝文学を研究しようとする場合、おそらく最も注目されるべき作家の一人はサミュエル・バトラーであろう。彼こそは、進化論をめぐってダーウィンと対決するほどダーウィン進化論に通暁し、英文学史に遺《のこ》る作品を著しているからである。

英文学史に登場するサミュエル・バトラーは二人存在する。一人は『ヒューディブラス』の作者のサミュエル・バトラー（一六一二–八〇）である。ここに登場するのはもう一人のバトラーで、通称『エレホン』のバトラーである。彼は一八三五年にイギリスのノッティンガムの牧師館で、シュルーズベリ・パブリック・スクールの校長、後のリッチフィールド主教サミュエル・バトラー博士の孫、国教会牧師トマス・バトラーの長男として誕生し、一九〇二年に他界した。したがって没後一世紀以上の歳月が経過したことになる。しかし、彼ほど毀誉褒貶《きよほうへん》の相半ばする評価がなされてきた作家もめずらしい。しかし、文学者としての自覚と旺盛な反骨精神において、尋常ならざる作家であることに異論はないであろう。

バトラーは一八九九年に『ノートブックス』の中で、やや自嘲ぎみに主要著作十四編の販売状況を詳細に記録している。それによると、三十七歳の時に出版した、著書としては第二作目の代表作『エレホンあるいは山脈を越えて』で六十九ポンド三シリング十ペンス、『生命と習慣』で七ポンド十九シリング一・五ペンスの収益を得た以外は、すべて自費出版であった。一ポンドが現在の一万円以上に相当する時代に、その総額は七百七十九ポンド十八シリング一・五ペンス以上になる。しかも、年月の経過につれてその売行きは下降していった。では、純粋に趣味の世界で、自己満足のために作品を書き続けていたのかというと、決してそうではない。一八八七年にアルフレッド・エメリ・カシ（Alfred Emery Cathie）という専任の助手を雇って一緒に、手紙類、原稿、絵画、写真、ノート類を十年を費やして整理し、ラベルを付けて編集し、註を付け、複製して保存した。明らかに未来の読者を想定していたと思われる。協力したヘンリィ・フェスティング・ジョーンズというバトラーの親友は、この資料を大いに利用して、一九一九年に『サミュエル・バトラー――回想』という伝記を出版している。

バトラーの作品の領域は、文学に限らなかった。一八五八年、ケンブリッジ大学を卒業した二十三歳の時、幼児洗礼に疑問を感じ、聖職を選ばず、親の反対を押し切って直ちにニュージーランドに渡り、養羊業に従事した。六年で相当な利益を得て帰国した後、画家を志して美術学校に通ったのである。一八七四年に出品した油絵『ヘザリ氏の休日』は、ロイヤル・アカデミー展覧会で特選になっている。『アルプスと聖域』は旅行記の体裁を採っているがその内容は美術探訪である。そこで鑑賞したサクロ・モンテ（Sacro Monte）などの解説に写真を付けて『誓いの通りに』を著した。さらに、音楽にも造詣が深く、一八八八年にはヘンデル流カンタータである『ナーシサス』をジョーンズとともに作曲している。

このように見てくると「ディレッタント」という言葉を彷彿させるが、バトラーがそれに該当するかどうかは断定できない。まず、彼が一生を賭けて成し遂げた仕事に通底するものがあるかどうかに着目すべきであろう。そこで進化論の衝撃が避けて通れないテーマとして浮上する。

ニュージーランドで養羊業に従事している時も、彼はピアノの演奏を楽しむジェントルマンであった。入植したその年、一八五九年にチャールズ・ダーウィンの『種の起源』が上梓された。ダーウィンはシュルーズベリ・パブリック・スクールで、サミュエルの父トマスの友人であった。チャールズの息子のフランシスはサミュエルの知人でもあった。つまり、二人には家族ぐるみの交際があったのである。バトラーは、喜んだに違いない。なぜなら、『種の起源』が証明しているようにみえる事柄は、彼の人生の選択を肯定していたからである。直ちに当地の『プレス』（*The Press*）紙に「種の起源のダーウィン・対話」を匿名で発表している。チャールズ・ダーウィンもそれを歓迎し、二人は共感を持った。

ここから一八七六年までの約十五年は、ダーウィン進化論を受け入れた上で、その衝撃を糧にした創作活動が行われた。この時期の代表的作品として風刺物語『エレホン』、エッセイ『良港』がある。エッセイ『生命と習慣』を出版した一八七七年から約十年間は、ダーウィン進化論を批判する作品を書き続けていた。この間、一八八〇年に、後述するダーウィンとの葛藤が起きる。この時期の代表的作品としては、前掲書のほか、エッセイ『新旧の進化論』、『無意識の記憶』、『幸運あるいは狡知』がある。一八八八年からは、美術評論や、作曲に携《たずさ》わり、古典的文学作品にきわめて斬新な解釈を施すエッセイを書き、古典文学を選んで個性的な翻訳書を作り上げた。この時期の代表的作品としては、『オデュッセイアの女詩人』、『シェイクスピアのソネット』と、『イーリアス』と『オデュッセイア』の英訳版がある。さらに、逝去した一九〇二年を挟んで二つの作品が発表された。一九〇一年の『エレホン再訪』は、他界することを予測して『エレホン』に追加された遺言的な作品である。また、一九〇三年の『肉なるものの道』は一八七三年から一八八三年にかけて書き続けられたが、モデルになっている家族に迷惑がかかるのを恐れて死後出版が決められていたもので、バトラーの代表作となった。

彼の死後、まず初めの称賛は、一九〇五年にジョージ・バーナード・ショウから贈られてきた。三幕喜劇『バーバラ少佐』の序文で彼は、「バトラーの死後出版『肉なるものの道』のようなイギリス生活の並外れた研究を読んで、あまり印象づけられないようではイギリス文学も絶望的と言える……。」（二一六）と述べ、バトラーこそは十九世紀後半における「彼の分野」での最も偉大な作家であると認めた。D・H・ロレンス、H・G・ウェルズ、オルダス・ハクスレーらもこれに同調した。この時期の最も優れたバトラー批評はヴァージニア・ウルフからもたらされたと言っても過言ではない。一九一六年『タイムズ文芸付録』（*TLS*）で彼女は、「見通しのある人」とタイトルをつけてバトラーを論評した。彼には、小説家としての素質に欠ける点があるが、ヴィクトリア朝の文化の様々な側面を痛烈に批判する時の「視点」が素晴らしいと言うのである。さらに、彼女は一九二四年にケンブリッジでなされた講演「ベネット氏とブラウン夫人」の中で、一九一〇年十二月ごろ「人間性が変容した」と述べ、その最初の兆候はバトラーの『肉なるものの道』であるとした。[3]

この評価は後にE・M・フォースターによって確認されている。彼は、『リスナー』（*Listener*）紙上で、ジェイン・オースティン、マルセル・プルースト、バトラーの三人の先達《せんだつ》のうち、バトラーこそ自分にものの「見方」を教えてくれた作家であり、それは、彼の「独立した精神」に由来すると称賛したのである。[4]二十世紀小説の旗手である彼らのお墨付きを頂いたことは、喜ばしいことであったが、彼らがバトラーの小説を作品として誉めてはいない所から、小説家としては自分たちの方が優れているとの暗示があることは明らかである。ここに、「作家の作家」というバトラーの通称が生まれた。

しかし、バトラーは、小説家になることを目指していたのだろうか？ 彼は、伝統的なイギリス小説を物したチャールズ・ディケンズやジョージ・エリオットを優れた作家として評価していなかったのである。したがって、彼らを目標にしてはいなかった。伝統的小説作品に一番近い唯一の小説といえる『肉なるものの道』も、親友サヴェジ嬢に勧められて試みたのであるが、完成が遅れたのは、苦労して執筆したので長い時間を必要としたというより、死後出版を決めていたためと推測される。[5]

しかしながら、一九一九年に、ヘンリィ・フェスティング・ジョーンズの『サミュエル・バトラー――回想』が出版された時、一般の読者のバトラーへの評価に異変が起きていた。彼の私生活が明かされ、この大部の伝記に描き出された、権威に反発し、偏狭なドグマに凝り固まったように見える彼の人物像は読者に衝撃を与えた。生涯独身であった彼は、長上を敬い、家庭を神聖な場とするヴィクトリア朝時代の価値観で評価されれば、批判の対象とされないはずは無かったのである。

彼をめぐる人間関係も問題視された。まずチャールズ・ペイン・パウリというオクスフォード大学出身の、バトラーより二歳半年下の男性との関係である。ニュージーランドで知り合った時、彼は当地の新聞『プレス』の副編集長をしていた。この人物がバトラーに金の無心をし続け、バトラーは三十三年間、一八九七年にパウリが死ぬまで、年二百ポンドを支給し続けたとされる。しかもこの人物は、後年彼の下《もと》を離れ、別の人物からも生活費の援助を受けていたと言われる。父親からの再三の忠告にも拘《かかわ》らず、このような人物との関係を続けたのは何故か。ハーバート・サスマンは、バトラーはホモセクシュアルであったのではないかと推論している（一七〇一一九四）。しかし、いずれにしても、当時のイギリスのエートスからは逸脱していたのである。

もう一人はバトラーと同年《おないどし》だったサヴェジ嬢である。彼女とは、ニュージーランドから帰国してヘザリ美術学校に通っていた時に知り合った。彼女の前歴は家庭教師であった。[6] 前述のように、一八八五年に彼女が逝去するまで、きわめて親密な手紙を交換し、作品の草稿を見せて批評してもらうのが常だった。お互いの芸術的鑑識眼を認め合い、尊敬し合う仲であったが、結婚までには至らなかった。そのせいか、バトラーはもう一人別の女性を必要とした。ルーシィ・デュマ（Lucie Dumas）というフランス人女性である。十六歳年下の彼女の下にバトラーは十五年間も、名前も住所も伏せて通い続けたという。このような生活振りが露見すればスキャンダルとなることは必至であった。[7]

一九〇三年出版の『肉なるものの道』出版以後一時的に高まったバトラーの評価は、一九一九年頃から低迷した。フィリップ・コーエンは、その原因として、第一次世界大戦後ヴィクトリア朝の伝統的文化が崩れ去った後、その批判と風刺を主眼としたバトラーの存在価値が低下した事と、この伝記の出版を挙げている。文学批評がまだ作者の人物批評に強い影響を受けていた時代であったからばかりではなく、バトラー自身が〈作品はその人である〉とか〈スタイルは人なり〉というような意見を表明していたからである。[8]

しかし、この分析は一面的であることを免れていない。ダーウィン進化論への対峙というバトラーが最も心を奪われた問題が軽視されているからである。

チャールズ・ダーウィンは一八五九年に出版された彼の主著『種の起源』に、「自然選択による、あるいは生存闘争による好ましい種の保存」と副題をつけた。この「自然選択」とは、――生物の多産の原則により、個体間に生き残りをかけての競争が生じる。内容が豊富で微小でランダムな遺伝的変異のうち、より環境に適した変異をもった個体が自然によって選択され、その結果その個体が勝ち残れる。その特性は子孫に遺伝する。このようにして厖大な時間が経過するうちに新種が形成されていく――とする説である。ダーウィンは、この説に、「漸進説」と「共通起源説」を結び付けて進化のメカニズムを説明した。「自然選択」という概念は、「人為選択」との類比《アナロジー》で理解されるものであり、松永俊男によれば、自然のバランスを維持するものとして十九世紀にはありふれた概念であったが、ダーウィンはそれを新種を創り出す革新的な力として捉《とら》えたのだという。[9]

しかし、ダーウィン自身が、ラマルクの「用不用説」を補助理論として利用しているという事実がある。これは例えば『種の起源』の最後の部分で、様々な生物たちが「我々の周囲に作用している法則によって作り出されたことを知るのは興味深い」と述べ、さらに、その法則を解説して、「生殖」を伴った「成長」、「生殖」にほぼ含まれる「遺伝」、生活条件に対する直接的間接的作用と用不用による「変異性」(傍点筆者)に加え、「生存闘争」を生じさせ、またその結果として「自然選択」を起こさせ、「形質の分岐」と改良の劣った種類を「絶滅」させる高い「増加率」を挙げているところに証拠が見出される。これは、ダーウィンが、系統的な進化機構論としては当時支配的であった、ラマルクの『動物哲学』で主張されている獲得形質の遺伝説を全面的には退けていない証拠とされる。この傾向はダーウィンが歳をとるとともに強まった。

ピーター・ボウラーは『進化思想の歴史』第九章「ダーウィニズムの失墜」で、「自然選択説」と**G・S・**メンデルの遺伝学説を合体させた「総合学説」が生まれるまでの時期のダーウィン進化論の運命を解説している。それによると、ダーウィン進化論の絶頂期は一八七〇年代と一八八〇年代である。その後、一九四〇年頃とされる「総合学説」の成立までの時期はダーウィン進化論の低迷期と言われ、一九〇〇年にかけては特に、進化そのものには疑問の余地はなかったが、進化を引き起こすメカニズムとして「自然選択」以外の説明を提示する生物学者が増加していたという。

ダーウィン進化論を学んだドイツ人アウグスト・ワイスマンは、一八八三年に獲得形質の遺伝説を否定して、自然選択のみを認めるネオダーウィニズムを提唱した。[10] その学説は、獲得形質の遺伝のみを主唱するネオラマルキズムの対抗理論となった。一九〇〇年に発掘されたメンデルの遺伝学は、当初は「自然選択説」の対抗理論のひとつと見做《みな》されていたという。「総合学説」樹立の最大の功労者は、T・H・ハクスレーの孫のジュリアン・ハクスレーであった。ダーウィンはまさに二代に亙《わた》るハクスレー家の人々に自説とそれに付随する名声を守ってもらったのである。

ネオラマルキズムの信奉者には、イギリスのハーバート・スペンサー以外に、アメリカのルイ・アガシー、ドイツのテオドール・アイマー等が挙げられる。バトラーは、ダーウィン進化論を完全に理解した上で、ネオラマルキズムの立場を取ったのである。

やがて電子顕微鏡の精度の向上は、分子生物学の発展を促した。それにより、遺伝現象が分子レベルで扱われるようになり、一九五三年、ジェイムズ・ワトスンらは二重螺旋構造というDNAの形態を発見した。[11] DNAはコピーの作製によって遺伝情報を伝達すると考えられている。この学説はむろん獲得形質の遺伝説を支持していない。現在のところDNAでは、獲得形質の遺伝を説明できないのである。このようにしてダーウィンの「自然選択説」は再評価されるに至った。現在、ダーウィン進化論に批判的な立場を取る研究成果も幾つか現われている。[12]

しかし、それらもダーウィン進化論を前提として展開されていることに間違いはない。

このようなダーウィン進化論の趨勢を念頭に置くことにより、バトラーの作家としての評価の変遷により深い解釈を与えることが可能になる。たとえば、レナード・ウルフは一九二七年に、バトラーの進化論をテーマにした科学エッセイに「狭量さ」があると指摘し、文学作品も同様であると断じた。[13] それを、コーエンは『伝記』に起因するとしているが、そうだろうか？ バトラーの主張した進化論が、当時主流になりつつあった科学者たちから支持されなくなったことも微妙に反映してはいないだろうか？ バトラーの仕事全体を貫いているテーマとして進化論は無視できないものである。しかし、彼の文学者としての評価は、科学の視点から見られた彼の進化学説の信憑性によって決定されるべきものなのだろうか。

ここに、科学と文学の関係が問題として浮上する。科学は自然法則という「言説」を発見し、作家はテクストという「言説」を作る。この原則に立つと、一九五九年、すでに「総合学説」が成立した後、碩学バジル・ウィレーがケンブリッジ大学で行った『種の起源』出版百年記念のヒバート講演は、きわめて有意義なものであることが判明する。ウィレーはこの時点で、ダーウィン進化論を文学の立場から考察し評価するために、バトラーを掘り出し、彼の思索を学ばざるを得なかったのである。

ウィレーは、「獲得形質」の遺伝を唱えるネオラマルキズムは、科学の世界ではすでに全面的に否定されていると認識した上で、バトラーの進化論をダーウィン進化論と比較して論じたのである。ウィレーは、「自然選択」説に必然的に含まれる「非目的論」を見過ごすことが出来なかった。ここにバトラーが注目し、こだわったことを評価しているのである。ウィレーは論じる。

確かに「自然選択」の働きかたは、はるかによく理解されるに至ったが、究極原因［変異の起源］は依然として解明されてはいない。科学がその振舞を発見する物質や生きた遺伝子に、どのようにしてこのような神秘的な傾向［遺伝法則］が付与されたのか？　科学が（誠に正しく）我々の無知の境をどんなに後退させようとも、科学ではないもっと広い分野に居て、存在の宗教的解釈が彼らの幸福に不可欠だと分っている人々が、科学にしても所詮は人間の限界を乗り越えることが出来ないし、不必要な仮説として、天と地とあらゆる目に見えるものと見えないものの「造物主」を追放する資格を我々に与えてくれるわけのものではない、と言っても科学を阻止していることにはならないであろう。（『ダーウィンとバトラー』　八五－六）

ウィレーが辿《たど》り着いたのは、自然科学と文学・芸術・宗教の境目に現出した両者の乖離である。それこそ、サミュエル・バトラーを論じる際に、決して無視も軽視もできないものなのである。

第一章

チャールズ・ダーウィンとの対峙

一　異議の提出

バトラーを科学者グループの中で一躍有名にしたのは、チャールズ・ダーウィンとの葛藤である。その経緯を、ヘンリィ・フェスティング・ジョーンズは、一九一一年にパンフレット『チャールズ・ダーウィンとサミュエル・バトラー――和解にむけて』で明らかにした。さらに、一九五八年にダーウィンの孫であるノラ・バーロウが『チャールズ・ダーウィン自伝』の「付録」でこの問題を扱った。[14] ジョーンズのパンフレットを全面的に引用し、前後に自分のコメントを付け、さらにケンブリッジ大学図書館に収蔵されている、この問題をめぐって家族間、また家族とダーウィンの支持者との間に交わされた書簡を載せた。同図書館には、この問題に関しての資料――手紙と定期刊行物の記事――はこれ以外にも数多く保存されているが、基本的な事実については、両者の共通認識以上のものはない。

事件は一八七九年に起きた。この年の五月にバトラーは『新旧の進化論——ビュフォン、エラズマス・ダーウィン博士、ラマルクの理論をチャールズ・ダーウィンの理論と比較する』を出版した。[15] これより三か月前、同年二月にドイツでクラウゼ博士がダーウィン博士の生涯と仕事についての論文を雑誌『コスモス』に発表していた。英訳の企画が進んでいたので、孫のダーウィンはバトラーの本を一冊クラウゼに送った。その際、「バトラー氏にあまりかかずらわないように。その価値がないから。彼の仕事は一時的なものである」(『ダーウィン自伝』一四三)とコメントを付けておいた。クラウゼは彼の論文を改訂し、同十一月に『エラズマス・ダーウィン——クラウゼ著/W・S・ダラス英訳/チャールズ・ダーウィンの序文付き』が出版の運びとなった。脚注に、ダラス氏は科学的知識を有しドイツ語が堪能なので、正確さは保証されていると記されていた。二つめの脚注の最後に、バトラーの著書への言及があった。さらに、結論近くにバトラーは次の記述を見つけた。

エラズマス・ダーウィンの体系は、彼の孫が拓いてくれた知識の道への最も意義のある第一歩である。しかし、今日それを復活させようと願うのは、事実、大真面目に為されているようであるが、うらやましくもない思考力の弱さと精神的時代錯誤である。(『ダーウィン自伝』一四五)

これは明らかに自分の著書への当てつけである、とバトラーは感じた。そこで原文が載った『コスモス』を取り寄せて読んでみると、引用の文章は見つからなかった。彼は、ダーウィンが書き込んだのではないかと推測した。翌年一月二日付けの書簡で、バトラーはダーウィンに説明を求めた。その時書かれた手紙が残っている（口絵参照）。

拝啓、チャールズ・ダーウィン殿

ダラス氏が英訳したエラズマス・ダーウィンについてのクラウゼ博士の原文が含まれた『コスモス』の版を教えて下さいませんか？　貴殿の序文が付いているのでダラス氏が訳したと分る『コスモス』の最新二月号がここにあります。彼の翻訳には、『コスモス』の二月号には存在しない長く大事な文章が見られる一方、原文には存在する多くの文章が省かれています。

英語版の最後の六ページが付け加えられた文章の中にあります。これは拙書『新旧の進化論』でエラズマス・ダーウィンについて私が取った立場を先廻りして非難しているように思われるのです。私が初めて取ったと信じている立場です。貴殿が発表した訳書の最も目立つ結論部分の文章はこうです。

……

ドイツから送られた『コスモス』にはこのような文章はありません。

貴殿が序文で述べておられるように、拙書『新旧の進化論』はクラウゼの論文より後に出版されました。初出以来この論文に、手直しが加えられたとも文章が付け加えられたとも断わられておりません。貴殿もはっきり申されているように、『コスモス』二月号からの翻訳の正確さは、ダラス氏の「科学的知識の評判とドイツ語の知識」によって保証されています。したがって、貴殿の読者が翻訳で読むすべては、昨年二月に出たものであり、『新旧の進化論』より前に、拙書とは個別に、何の参照もなく書かれたと思われて当然だと思います。

これが本当のところだと思います。しかし、翻訳にある、上述の文章とその他の文章が出ている版が手に入りません。

個人的にとても興味があるのです。勇気をもって説明を求めます。説明をして頂けることを、露ほども疑ってはおりません。

敬具

一八八〇年一月二日

サミュエル・バトラー

（『ダーウィン自伝』一四四-四五）

驚いたダーウィンは一月三日付けの手紙で、クラウゼが原文に手を入れて、それが訳者に廻された事に触れ、原稿の改訂は通常なされているので、特にその事を断わる必要があるとは思い至らなかったが、今は後悔していると述べ、再版の際にこれらの経緯について釈明したい、との返事をしたためた（口絵参照）。

拝復、サミュエル・バトラー殿

クラウゼ博士は、『コスモス』に彼の論文が出て直ぐ、別途出版する予定だが、その際かなり変更を加えるつもりだと申され、変更された手書き原稿がダラス氏に送られたのです。このようなことは、通常行われているので、この論文は手直しされていると言わなくてはならないとは思い至りませんでした。しかし今は、そうしなかったことをとても後悔しています。原文はドイツ語で近々出版されることでしょう。そして、それは英訳よりもはるかに大部なものになると思います。クラウゼ博士の許可を得て、シワード嬢の沢山の長い抜粋は（他のものとともに）英訳では省いているからです。私の意見ではイギリスの読者には余分なので。省かれた部分は、ドイツ語版では註に入ると思います。英語版の再版が出る時に、『コスモス』に出た原文は、翻訳される前にクラウゼ博士によって手直しされたと明言したいと思います。私はクラウゼ博士に翻訳の同意を得ていること、貴方の御本の出版が予告される前にダラス氏と翻訳の話を詰めていたと付け加えたいと思います。ダラス氏が宣伝について知らせてくれた手紙で、それを思い出しています。

敬具

一八八〇年一月三日

チャールズ・ダーウィン

（『ダーウィン自伝』一四六）

バトラーはこの返事に満足しなかった。直ちに『アシニアム』(*Athenoeum*) 紙にこの経緯を書いて投稿した。末尾は、このように結ばれていた。「反対者を暗に非難する言葉が改訂版に挿入され、しかもその改訂そのものが隠蔽されているのに、非難は、それを呼び起こしたに違いない本に先立つものであると明言し、読者にそれを公平な意見と思わせるなどということは、通常行われない。」(『ダーウィン自伝』一四八-九) これは、一月三十一日号に掲載された。たぶんこの記事は活字になる前にダーウィンの目に触れたに違いない。彼は直ちに『アシニアム』紙の編者に宛てて手紙をしたためた。それには、バトラーへの手紙を投函した後に思い出したとされる、大切な事実が含まれていた。それは、初校にダーウィンが書き加えたが、クラウゼの意向で削除されてしまった次の一文であった。「クラウゼは苦労して『コスモス』に掲載された小論文に加筆した。私の紹介文は、それを見る前に書かれたため、重複を避けられなかった。……」(一四九) この手紙はまず家族の検閲を受けることになった。

この時ダーウィンは七十一歳、他界二年前のことであった。妻エマと五男二女は当然、病弱と研究のため社交を避け続けてきた老父を守るのは自分たち家族しかいないと考えた。彼は、二月一日付けで三女(姉二人が早世しているので実質的には長女)のヘンリエッタに相談の手紙を出している。なぜヘンリエッタに着目したかと言えば、彼女の夫つまり娘婿のリチャードが、長男のウィリアム・エラズマスより七歳年上、つまり内外の子供のなかで最年長であったことに加えて、法律家であったからに他ならない。さらに彼女は、父が書いた序文の校正刷を検閲し、一部削除したとも言われている（松永『チャールズ・ダーウィンの生涯』二九六）。このような場合、リチャードが、もうこれ以上取り合わない方がよろしいと助言することは、誠に自然ではないだろうか？　バトラーの主張する損害が憶測に基づいていたからである。しかし、家族の中に異論があった。三男のフランシスである。彼はリチャードより九歳下で三十一歳、当時すでに父の研究を最も理解する息子であった。彼は父を助け、『植物の動く力』を父との共著として一八八〇年に出版したほどである。彼は、バトラーと読者に分るような形で、早い時期に事実を知らせて釈明すべきであるという意見を述べていた。

リチャードは即座に、法律家として当然の意見を再度念入りに主張した。ダーウィンは家族間の意見の相違に悩み、前述の手紙を書き変えてみた。しかし、リチャードはさらに強く主張を繰り返した。そのため、家族外の人物の助言を求めざるを得なくなった。ダーウィンが選んだのは、彼の「番犬」として功績のあったトマス・ヘンリィ・ハクスレーである。彼は、一八六〇年六月三十日、イギリス科学振興協会のオクスフォード大会で、英国国教会高教会派の大立者サミュエル・ウィルバーフォース主教に立ち向かったことで有名になり、その後も科学者にはめずらしい議論好きと文章の上手さによって定期刊行物の世界でもよく知られた人物になっていたので、当然の選択であった。ダーウィンは、書き変えた手紙と、家族の意見として、リチャードの書簡を同封した。はたして、再版まで放っておく方がよいというのがハクスレーの返答であった。

しかし、バトラーは追及の手を緩めなかった。間髪を入れず『無意識の記憶』を出版してこの件における彼の主張を繰り返したのである。ダーウィンは別にもうひとり外部の人間の助言が必要だと思った。今度選ばれたのは、ヴァージニア・ウルフの父親レズリー・スティーヴンであった。しかし、この人物は彼自身が選んだかどうか明らかではない。相談の手紙は、ヘンリエッタによって書かれているからである。すでにハクスレーに意見を求めているので、セカンドオピニオンを求めることをダーウィンが躊躇《ちゅうちょ》したことは十分に考えられる。スティーヴンは、当時文壇の大立者であり、バトラーの専門とする分野において力を発揮できる立場にあったことが考慮されたことは明らかであろう。彼は、相談を受けたこと自体を光栄な事と受け取り、かなり長い返信を直接ダーウィンに宛てて送っている。その内容は、――「自然科学者として」地位の確立したダーウィンほどの人が、老年になって「バトラーのような小者の若造と」泥仕合を演じることは、誠に気の毒であり避けるべき事なので、バトラーを無視するのが最善の策であるというものであった。彼は虚栄心を傷つけられただけで、何の損害も受けていないという理由も付けてあった。ダーウィンほどの人物を「嘘つき呼ばわり」するような奴《やつ》は「平手打ちしてやりたい」とも書き添えてあった。最終的にダーウィンは、一切取り合わないと決断せざるを得なかった。バトラーはその後、機会あるごとに追及を繰り返した。バトラーの反感はなんと、ダーウィンの死後、息子のフランシスが父親の自伝を出版した一八八七年まで持続したのである。

ジョーンズは、フランシス・ダーウィンが、父からバトラーに宛てた投函されず終いの二通の手紙を彼に渡したことを感謝とともに明かし、ダーウィンとバトラーの間にコミュニケーションが持たれなかったことを残念に思う旨を記して結論とした。バーロウは、バトラーのダーウィン批判の執念深さが、常軌を逸したものであると結論付けた。

しかしながら、「平手打ち」した人は直ちに現われていたのである。オクスフォード大学に「ロマーニズ講座」を開設したジョージ・ロマーニズである。彼はダーウィン最晩年の崇拝者で、弟子として認知された最後の生物学者と見做されている。この人が『ネイチャー』(*Nature*)に、一八八〇年に発表されたバトラーの『無意識の記憶』の書評を書いたのである。

こんなに不出来で無能な男［バトラー］の、人前に出て哲学者として偉そうに気取らせる虚栄心を笑ってやってもいいくらいだ。彼のために『無意識の記憶』を書評するだけの価値があるなどと考えるべきではなかった。一見しただけでもこの本の哲学が悪く、判断が悪く、趣味が悪く、良いのは著者の自身についての意見だけであることが分る。……しかし、ダーウィン氏のような地位にいる人物に対し、口汚い下劣な攻撃をかけるのは許せない。……[16]

さらに、「一、二年前まで自分は画家だと思っていた成り上がりの知ったかぶりの馬鹿に初歩的なことをあれこれ言われる筋合いのものではない」と続くのである。

　さすがにバトラーも堪忍袋の緒が切れ、ロマーニズは『新旧の進化論』の本質的な議論を無視していると手紙で反論し、翌週、ロマーニズは次のように返した。

> バトラー氏は私の書評の目的と視野を誤解されていると思う。彼は、「私は確かにダーウィン氏を攻撃しました。しかし、ロマーニズ氏はそうする権限が私には無いと言ってくれなかったではないですか」と述べている。何故、彼は私にそのような配慮を期待するのか？　仮に私が路上で人を襲おうとしても、私にはそうする権限がないことを警官に指示してもらうことを期待すべきではないだろう。……[17]

バトラーはロマーニズに皮肉を言ったのである。ダーウィンはすでに神格化されているとバトラーは感じた。

> 科学は日に日に擬人化され、神に奉祀《まつ》り上げられている。科学は徐々に我らの自然を我が物とし、チャールズ・ダーウィンあるいはハクスレーという愛子《まなこ》を贈り賜うであろう。……結局、〈科学は我々の無知への無知の表明にすぎない〉と言っただけで火刑に処せられることになるかもしれない。（『ノートブック

ス』三四六-七）

バトラーはダーウィンの進化論に無知ではなかった。バトラーが『新旧の進化論』で支持している進化論は、タイトルからも推察されるように目的論的なものである。バトラーはこの著書で、ジョルジュ＝ルイ・L・ビュフォン、エラズマス・ダーウィン博士、ジャン・ド・ラマルクの進化論を、チャールズ・ダーウィンの「自然選択」の非目的論的進化論より優れたものとして解説している。

バトラーの説明によれば、ビュフォンは近代進化論の祖である。彼は動物の形態の変異と少数の祖先、さらに環境条件と生存闘争の変異への影響を示唆し、組織の中にある目的とかデザインを瞥見した。次にエラズマス・ダーウィン博士は、ビュフォンが確信を持てなかった「共通起源」を明確に説明し、変異は、生物が環境に適応しようとする必要性と行動によってもたらされると推論し、それは神のデザインに由来すると信じた。これらの議論はラマルクが纏《まと》めているとバトラーは述べている。すなわち、ラマルクは変異の内的目的性を把握し、環境が定める用不用によって組織は発展すると認め、努力、意向、意志が組織の発展に不可欠であると指摘した。

このような先人たちの進化論から多大な恩恵を受けながら、ダーウィンは『種の起源』の初版においては謝辞も付けず、再版においても正しく評価せずに、「自然選択」説を提唱し、そこに自らの学説の独創性があると盛んに強調しているが、そもそもこの学説は信憑性に欠けるとバトラーは述べている。自然が環境に適応したものを選択し、その適応した性質が偶然に生じるというが、それを理論と言えるだろうか、というのがバトラーの疑問である。偶然では、「種の起源」について何も説明していないのと同じではないかと彼は問うている。

ダーウィンは「自然選択」を、スペンサーの「最適者生存」と同義と認めたが（『種の起源』第五版）、これは同語反復《トートロジー》として受け止められる。ダーウィン自身にもその自覚があったからこそ、ラマルクの用不用説を補助理論として取り入れたのである。ダーウィンとバトラーのトラブルに対して、三男フランシスとハクスレーが比較的穏健な意見を解決策として提示しているのは、そのためである。特に、フランシスはラマルク流進化論の持ち主であったことが知られている。

チャールズ・ダーウィンは偉大なコレクターであった。進化をもたらす「自然選択」という概念は、彼がビーグル号に乗って航海をした若い時代に得た着想であり、それを証明するための証拠集めと綿密な観察と考察に一生、超人的な執着と努力を示した人であった。この概念自体は、まだキリスト教会が文化を指導し、国教会牧師が最高の専門職とされた当時にあっては、途方もなく常識に反するものであった。したがって、それらを持ち続けること自体が継続的な努力を要することで、四六時中産みの苦しみを味わされていたと思われる。もちろん産み出すものの大きさ——世界文化史を変えるインパクト——を承知していたので、苦痛を喜びに変えることもできたのであろう。

A・デズモンドとJ・ムーアの『ダーウィン』は、最近の優れたダーウィンの伝記のひとつであるが、その事情を巧みに叙述している。特に時代背景を適確に描写・解説しつつ、ダーウィンの周りに集まって来た若い支持者たちを、彼が如何に大切にしたかを描いている。地位や損得に無頓着で、一途《いちず》な確信に基づいて自己実現を図る魅力的な科学者に若い人々が惹きつけられたのは当然であった。

ダーウィンの周りには、使徒のような、軍団のようなグループが形成されていた。ロマーニズの他にT・H・ハクスレー、アルフレッド・ラッセル・ウォレス、ジョゼフ・ドルトン・フッカー、ジョン・ラボックなどがメンバーに挙げられる。ダーウィンは病弱であったため、社交を避け、ロンドン郊外のダウンに屋敷を求めて居住していた。晩年にはそこに軍団の面々ばかりではなく、内外の科学者や文化人、たまには政府の要人までもが訪ねて来るようになった。

ダーウィンは支持者のネットワーク作りに心を配っていた形跡がある。それは、ヨーロッパ全体にまで張り巡らされていた。[18] それが功を奏し、最終的にダーウィンの進化論は、ラマルクらの目的論的進化論を退けて勝利に導かれていった。彼は数々の栄誉に輝いた上、ウェストミンスター寺院に葬られたのである。さらに、二十世紀の生物学によって彼の理論の正しさは証明され、アイザック・ニュートンに次ぐイギリスの偉大な科学者としての彼の地位は不動のものとなっている。

しかしながら、ダーウィンとバトラーの確執が始まった当時、ダーウィンの取り巻きにダーウィン進化論のオリジナリティである「自然選択」説についてのコンセンサスはなかった。「自然選択」のみを進化の要因とする学説をネオダーウィニズムと称することは前述したが、これが成立したのはもう少し後である。イギリス人ではW・F・R・ウェルドンとカール・ピアソンがその主唱者として挙げられる。彼らをネオダーウィニストと呼んで揶揄《やゆ》したのはロマーニズその人ではなかったか。バトラーが納得しなかったのはこの点であった。

二　階層のエートスの乖離

「自然選択説」に対してダーウィンは慎重な態度を取り続けた。一方バトラーは、目的論の立場に立ってこの学説に疑問を呈し、その姿勢を最後まで崩さなかった。この対立の背後にあるものは何なのだろうか？　バトラーが進化論の歴史における「自然選択」の持つ意味と独創性を理解出来なかったわけではない。彼こそ、きわめて早い段階でそれを看破した人物ではなかっただろうか。一八六二年に匿名で「種の起源のダーウィン・対話」を発表したのは、バトラーであった。以後約十数年間、バトラーは著作のすべてをダーウィンに贈り、ダーウィンはそれを歓迎した形跡がある。

ダーウィン進化論に対するバトラーの反論は、一八七七年出版の『生命と習慣』で最初に表面化する。その要旨は次の通りである――親の体を離れるまでは親と子の間には共通する個性が存在し、祖先の経験を子孫が記憶する。そして、本能と形態がこの記憶とともに発達し遺伝する。

この著書を書き始めた頃、バトラーは、ジョージ・ジャクスン・マイヴァートが一八七一年一月に出版した『種の誕生』を読む機会を得た。『種の誕生』の論点は二つあった。一つは、漸進論の否定で、もう一つは進化を推進する力としての内在力の主張であった。これらは、自然選択説の抱える問題の集大成であると言われる。[19]

『種の起源』出版後、ダーウィンは一八七一年二月に『人間の由来』を上梓し、前作では避けていた人間の進化について、自然選択説を使って説明し尽くそうとしたのである。マイヴァートはこの時は匿名で『クォータリ・レヴュウ』(*Quarterly Review*)で、厳しい批判を展開し、ダーウィンは哲学的考察能力に欠けるとまで述べている。この書評に対する反論として、ハクスレーは「ダーウィン氏の批判者たち」を『コンテンポラリ・レヴュウ』(*Contemporary Review*)に掲載した。マイヴァートはカトリック教徒の動物学者であったが、純粋に科学の次元での議論を心掛けていた。彼は、ダーウィン進化論の批判者の中で当時最も手強《てごわ》い一人であり、ダーウィン自身が一九七二年に出版された『種の起源』の第六版で、ついに第七章「自然選択説に向けられた種々の異論」を設けて論じた際、取り上げた人物なのである。『生命と習慣』にはマイヴァートからの引用が多数あり、ほとんど彼の説に依《よ》って書かれている。バトラーはこの後ラマルクを熟読したものと思われる。そして、執筆されたのが『新旧の進化論』である。

バトラーの進化論が常に専門家の著書から刺激を得て、読書によって編み出されていることは、注目すべき事実である。一方、ダーウィンはそのようなアプローチを徹底的に避けたのである。彼が心血を注いだのは、証拠の収集と綿密な推論である。ダーウィンは少年時代、父親のロバート・ダーウィンに、「お前は猟銃と犬とネズミ取り以外は眼中にないのだな。そんなことでは、お前自身も恥をかくし、家族の面汚しになるだろう。」(『ダーウィン自伝』二七)と言われたそうである。これは、子供の将来性を予測出来ない父親を示す好例として引用され得るが、チャールズの研究方法の萌芽を言い当てている興味ぶかいエピソードであるとも言える。バジル・ウイレーに依ると、ダーウィンはラマルクを読んだかどうかも怪しい。[20] 一方で、セント・ジョンズ・コレジのバトラー・コレクションにはバトラーが丁寧に書き込みを入れながら読んだ『動物哲学』が収蔵されている。この著作はむろんフランス語で書かれているのであるが、長大かつ難解で有名な大作なのである。

チャールズ・ダーウィンは、学校では優等生ではなかった。シュルーズベリ・パブリック・スクールでも、バトラーの祖父であった校長サミュエル・バトラーは彼を皆の前で「のんき者」と言って馬鹿にした。父親は、大切な息子の将来を心配して、自分の職業である医師にするつもりで、普通より早く、自分の母校でもあり、チャールズの兄が在学中であったエディンバラ大学に送り込んだ。しかし、このプランも功を奏することはなかった。つまりチャールズが勉学意欲を示さなかったのである。次の選択肢として、父親は国教会牧師にするつもりでケンブリッジ大学に転校させたが、ここでも彼はキリスト教などにはもちろん興味を抱くことはなく、かといってアダム・セジウィック教授の地質学の講義などには出席せず、野外観察を重視する植物学のジョン・スティーヴンズ・ヘンズロウ教授の講義を好み、偉い先生たちに「ヘンズロウと散歩する男」という綽名《あだ》を付けられた。これらはすべてダーウィンの自伝から採ったエピソードである。

ダーウィンは自伝のこの部分で何を語りたいのであろうか？　まず、自分の科学者としての業績は独自に達成したもので、誰の助けも借りていないということであろう。さらに、イギリスの当時の学校教育は科学者を養成する機関にはなり得ないということでもあろう。シュルーズベリ・パブリック・スクールは、古典語の習得が中心なので全く裨益《ひえき》するところがなかったし、ケンブリッジ大学時代は全くの時間の浪費であったと彼は自伝で述懐している。

ダーウィンはどのような社会階層に属していたのだろうか？　その階層の子弟の教育理念はどのようなものであったのか？　ケンブリッジ大学を卒業した祖父のエラズマスも医者であり、エディンバラ医学校で免許を取ったようである。その父親は法律家であったという。チャールズが八歳の時、すなわち一八一七年に病死した母スザンナは、ジョサイア・ウェッジウッド一世の娘であった。彼は、職人から叩き上げて、陶器製造で有名な典型的な産業資本家となった人物である。したがってジェントリの最下層というのがダーウィンの属する階層であろう。

ジェントリ階層の勃興は十六世紀に遡る。リチャード・ヘンリィ・トーニーは、「ジェントリとは古くからの資産家に他ならない」とか、「ジェントルマンとはジェントルマンらしく金を使う人のことである」というようなトートロジーを受け止めながら、次のようにジェントリを定義した。すなわち、ヨーマンよりは上で貴族よりは下の土地所有者、ジェントリの直営地の定期借地人となった裕福な借地農、その一族の小作人たち、および有名な法律家と国教会牧師と医者などの専門職の人と、裕福な商人たちである。その社会階層の区分は、身分と法律上の特権によってではなく、財力によって決まるのである。

このように昔からの階層が、市民革命や産業革命などの社会の変動によっても打撃を蒙らずに生き残ったのは、柔軟性のお陰であった。イギリスは長く長子相続制をとってきた。そのため、元来土地所有者であった狭義のジェントリの数は少なく安定していた。しかし、子供を沢山生み、家族の絆は大切にしたので、市民革命後は商人や専門職へ落ちていった次、三男と成功したその仲間もこの階層が包含し、産業革命後は成功した産業資本家の加入も許したのである。狭義のジェントリも時代の変化に敏感であった。所有する資産の総額に重大な変化をもたらすため、結婚相手を慎重に吟味し、土地経営ばかりではなく雑多な収入を求めて中央政府のポストにも目を光らせてきた。産業革命後は資本主義的農業経営に乗り出して成功したジェントルマンも少なくなかったのである。

このように、いわば曖昧な存在であるにもかかわらず、他の階層とは区別される確固たるものがあるとすれば、それは「ジェントルマンの理念」に他ならない。それは、「人文主義の提唱する古典的教養」であるとされる（村岡『イギリス近代史』一一五－一一）。学芸よりも騎士道を優先した貴族に対し、ジェントリは教養をもってそれに代えたという。その教養の内容は、ギリシアの古典哲学、特にプラトニズムであり、そこから「教養ある為政者」の概念が引き出されている。宮廷を中心にした政治の中央集権化が進むにしたがい、そこに次第に芸術的教養が加わり、同等あるいは上の階層の者に対してはもちろん、下の階層の者に対しても、ジェントルマンらしく振舞うことが要求されるようになってきた。

ジェントルマン養成に与《あずか》ったのが、パブリックスクールとオクスフォード、ケンブリッジ両大学である。両大学は、中世以来の聖職者養成機関としての機能を温存しつつ新しい役割を担うことになった。チャールズが夢中になった狩猟も収集も、この階層の典型的な趣味であった。ダーウィン家がジェントリ階層の最下層に属する一方、ウェッジウッド家は、まさにこの階層に成り上がろうと努力している途上にあった。彼の父と母の結婚は明らかに彼らの父親同志の交際から生まれてきた。エラズマスとジョサイア一世は「ルナー協会」を通じて知り合った友人同士だったからである。[21]

一七六五年にバーミンガムに設立されたこの協会は、「王立協会《ロイヤルソサエティ》」をモデルにした地方ジェントリの知識人たちの集まりであり、化学者ジョゼフ・プリーストリ、蒸気機関を発明したジェイムズ・ワットもその会員であった。この協会は、元来ジェントルマンの趣味として嗜《たしな》まれていた歴史や自然科学ばかりではなく、工学分野の研究成果の発表も許容したのである。オクスフォードやケンブリッジなどの大学にも自然科学の講座があり、教授も存在していたが、聖職者養成の伝統が色濃く残っていたため、その研究目的がキリスト教の擁護という枠から逸脱することは許されなかったのである。セジウィック教授の地質学の講義にチャールズが魅力を感じなかったのも、ひとつには、そうした理由による。後に教授はダーウィン進化論の頑固な批判者になるのである。

「ルナー協会」にウェッジウッドが参加を許されたのは興味深い。彼がこの協会に着目したのは、陶器製造技術の開発に役立つ科学の知識を求めたためだという事は容易に想像される。エラズマスは、ジェントルマンたる身分を維持する事に心を配っていたのであろう。彼にとって、この研究熱心な産業資本家の財力が魅力的であったとしても何の不思議もない。チャールズはこの両家の結び付きから生まれたのである。

チャールズ・ダーウィンが、自伝でそれとなく述べている事で注意を引くのは、彼がエジンバラ大学に入学した頃のことである。

……私はいろいろな小さな出来事から、父が私に安楽に暮らすのに十分な財産を遺してくれると確信できた。……それゆえ医学を苦労してまで学ぼうとする意欲がなくなってしまった。

（『ダーウィン自伝』四一）

父親のロバートは当然、潤沢な持参金つきの妻を娶ったのである。さらに彼は、流行《はやり》の医者で、投資の才能もあり、高名な患者に金を貸して利子を得たりもしていたらしい。ウェッジウッド家との結びつきはダーウィン家にとって喜ばしいものであったはずである。なぜならば、ロバートの長女、つまりチャールズの姉、キャロライン＝サラもジョサイア二世の長男ジョサイア三世と結婚している。さらに、チャールズが妻に選んだのは三世の妹エマであった。彼女が婚期を逸していたこともあって二世が喜び、持参金を奮発したのは言うまでもない。チャールズは後に、働かなくてもよい階層に生まれたことを感謝し、「高度に知的な仕事は」すべて、高度な教育を受けた上、そうした境遇に恵まれた人々によって為されていると述べている（『人間の由来』一六〇）。

年収一千ポンドでジェントリの一世帯が対面を保てた時代に、結婚の際ダーウィンが受け取った財産は、エマの方から持参金五千ポンドに年金四百ポンド、父ロバートから一時金一万ポンドに年金五百ポンドであったという。さらに多額の遺産を相続し、著作の印税と運用の才能も功を奏してその後も財産は殖え続け、彼の晩年、一八七〇年代のある年、家計の総支出は九百ポンドで、これは総収入の僅《わず》か一割相当の金額であった。

ウェッジウッド家との繋がりがダーウィン家にとって好ましかったのは、財政的理由からばかりではなかった。ヘンズロウ教授からのビーグル号への乗船の勧めは、決してチャールズの科学者としての才能を見込んでの話ではなかった。父親はそれを見抜き、そのような経験が息子の経歴のプラスになるとは考えられなかったため、乗船には賛成しなかった。そこで、チャールズは叔父のジョサイア二世に相談し、父親を説得してもらったのである。進取の気風のあるウェッジウッド家に対し、守りの態勢に入っているダーウィン家がよい対照になっている。そして、騎士道精神を発揮して、ビーグル号の航海自体を個人的負担で支えた船長のロバート・フィッツ＝ロイ（Robert FitzRoy）が、癇癪を起こしたり謝ったりして時間を浪費していた一方で、ダーウィンは航海日誌の出版に向けて、素晴らしく丁寧な日々の記録を残していた。[22] 新しいものへの関心と、手堅い経済的配慮は彼を育てた家風であった。[23]

一方サミュエル・バトラーの家系も典型的なジェントリの最下層に位置していた。サミュエルの父親は国教会牧師、祖父は聖職者で、パブリックスクールの校長を勤めた後、エラズマス・ダーウィンが開業したリッチフィールドで主教を務めた聖職界の重鎮であった。その父親はヨーマン出身で商人であったと言われる。作家サミュエルの父親トマスは、シュルーズベリ・パブリック・スクール時代とケンブリッジ大学時代にチャールズ・ダーウィンと一緒に植物採集などをした仲間であった。国教会牧師は、最盛期には広義のジェントリの知的・精神的中心として尊敬された職業であった。チャールズ・ダーウィンが一時、父親の勧めにしたがって国教会牧師になるコースを選んだことが想起される。しかし、十九世紀も後半に入ると、その地位は磐石ではなくなってきていたのである。その理由のひとつとして、宗教的懐疑思想が蔓延し、教会の存在意義が不明確になったことが挙げられる。

サミュエル・バトラーは、ケンブリッジ大学を卒業した二十三歳の時、親の跡を継ぐことを断念し、ニュージーランドに渡り牧羊業に従事する道を選択した。父親は当然反対したが、やがて諦め、息子が実家に送った手紙を纏め、彼に代わって『カンタベリ植民地の初めての年』を出版した。海外に出ていってその見聞録を出版するのは、ダーウィンの『ビーグル号航海記』という前例があった。しかしながら、この二著作のスケールとインパクトは大いに違った。当然販売状況にも大差が生じた。ダーウィンは帰国後、直ちに新進気鋭の地質学者として活動を始め、豊かな経済力を生かして発展していった。一方バトラーは、文字通り如何に暮らしを立てたらよいか思案し、苦闘したのである。牧羊業で得た資金で一生の生計を立てることは出来ない。まず美術学校に通い、画家を目指して失敗した。やがて文筆で生計を立てることを考えた。エリート教育の一環として、幼いころから父親にラテン語とギリシア語を徹底的に教育されていたので、語学力と読書力には自信があったのである。

それにしても、経歴に明記されているバトラーの一八七六年の投資の失敗を見るにつけ、ダーウィンとの違いを思い知らされる。ダーウィンは産業資本家階級出身の妻とともに投資の際、綿密な調査をしたに違いない。それは彼の科学研究方法論の応用でもあった。それが彼の家風であり、彼に成功をもたらしたのである。一方バトラー家にはそのようなエートスはなかった。かつては同じジェントリ階層に属するとして一括りにされた専門的職業が、そのエートスの違いを明らかにしながら生き残る職業と残れない職業に分化しつつあったのである。

しかしながら、文筆業で収入を得ようとしたのは、ダーウィンもバトラーと同様である。ダーウィンは、豊かな資産の恩恵を受けつつ、安定した家庭生活を送りながら、科学者としての志と野望を実現すべく邁進《まいしん》した。一方、科学解説者（popularizer of science）というのが、バトラーがこの時選んだ職業である。これは、一八四四年に出版されたベストセラー『創造の自然史の痕跡』の著者ロバート・チェインバーズなどが拓き、自然科学を大衆に分るように説明する事を目的とした。[24]

ところが十九世紀の後半になるとジェントリ出身ではない科学者が現われてきた。T・H・ハクスレーがそのよい例である。彼は科学者の専門家集団を一般大衆から切り離して形成すべく、彼らのために研究資金とポストを用意するために奮闘したのである。彼がダーウィンに接近し、頼りにされるまでになり、[25]「ダーウィンのブルドッグ」という綽名で呼ばれてもさして自尊心を傷つけられたように見えなかったのは、彼も信念に支えられて、自分が為すべき仕事をしっかり見極めていたからに他ならない。彼がチンダルを誘って一八六四年に創設した「Xクラブ」は、専門的科学者のグループであり、『ネイチャー』はここから生まれた定期刊行物である。[26]それは、自然科学からジェントリの科学に付いて廻ったアマチュアリズムとキリスト教を払拭しようとする試みでもあった。

科学解説者は、進化論をおおむね目的論のなかで解説した。大衆に非目的論を説くのは困難なばかりではなく、危険でもあった。このスタンスをバトラーは受け継いでいた。しかし、ハクスレーのような科学者の出現後は、理論を発見する側すなわち専門家に接近するのが困難になってきた。バトラーが、ダーウィンでも国教会のお偉方でもなく、ヘハクスレーやチンダルが自分の敵である〉と言明したのは理由のあることであった。[27] バトラーは多くの解説者のように専門家に寄生する道を選ばなかった。国教会に取って代わる勢いを持ち始めていると彼が見做した科学の、社会において在るべき位置を見定めていたからである。

バトラーが『新旧の進化論』で問題にしたのは、ダーウィン進化論の内容ばかりではなく、『種の起源』に先人への謝辞が無いこともあった。[28] さらに、前述した『エラズマス・ダーウィン』をめぐる二人の葛藤の中でバトラーが許容しなかったのは、ダーウィンの態度が「紳士的」ではなかった——少なくともバトラーにはそう見えたからに他ならない。ロマーニズがバトラーに投げつけた「成り上がり」という言葉は、逆にバトラーがロマーニズに叩きつけたい言葉であったに違いない。

ダーウィンが紳士的でなかったと断定することはできない。伝記に明らかになっている、彼のエートスには、正当派ジェントリの理念を大切に思う価値観と、紳士的なマナーを守って生きていきたいという決意が顕著であることを認めないわけにはいかない。しかし、彼が正直に告白しているところによると、彼は、「一行の詩を読むのも我慢できない」し、シェイクスピアは、読もうとすると「嘔吐が起こりそうだ」し、絵画や音楽の趣味もほとんど失ってしまったのである。自分の心は、「事実の大量の寄せ集めを突き砕いて、一般法則を創り出す一種の機械になってしまった」(『ダーウィン自伝』一一三)とダーウィンは述懐した。

バトラーは、マシュー・アーノルドとは異なり、[29] ダーウィンの芸術的教養の無さを批判したことは一度もなかった。しかし彼が、ダーウィンの取巻き、特にハクスレーやロマーニズのエートスの中に何か容認しがたいものを感じていたことは確かであろう。

ジェントリの一員としての教養を持ちながら、それを支えていた経済的基盤を失い、しかし、ジェントリの生まれという矜持を持ち続けるために如何にすればよいのか？ 当座は科学解説をして糊口をしのぐ。しかし最終的には、ダーウィンのように自分の専門の分野で〈後世に残る仕事〉をしなくてはならない。この観点に立った時に初めて、彼の持続的努力と仕事を再評価することが可能になる。そして、〈反骨精神〉というダーウィンとバトラーの大きな共通点が浮び上ってくるのである。この一点において二人は共通していた。そして、ここで我々は改めて、イギリスのジェントリが育んできた文化の奥行に気付かされるのである。

第二章　サミュエル・バトラーの反骨精神

一　ヴィクトリア朝社会への批判

バトラーの作家としての生涯を通観すると、一貫して流れている精神の存在に気付かされる。それは反骨精神である。しかし、反発する対象は時期によって変わっている。一八七六年までを前期とすると、この時期は主に既成社会の権威に対する反感が作品に込められている。一八八七年までを中期とすると、この時期は主に自然科学の権威に対する反発が顕著である。その後を後期とすると、この時期の作品は、主に当時の芸術文化の権威に対する批判と風刺がモチーフになっている。さらに、一九〇二年の他界の前後に発表された『エレホン再訪』と『肉なるものの道』は、前期に提示された問題に生涯を掛けて出した解答が作品に結実したものである。全体像を見ると見事に一貫して展開し発展している。

さて、一八六二年にニュージーランドの『プレス』に掲載され、バトラーの第一作と見做される「種の起源のダーウィン・対話」は彼が二十七歳の時に匿名で発表された。ダーウィンの『種の起源』出版の三年後である。ダーウィン進化論を理解せずに嫌悪するCのイニシャルを持つ人物を相手に、バトラーに代わるFのイニシャルを持つ人物が、それを説いて聞かせる趣向である。その末尾でFは次のように述べている。

友よ、私はキリスト教を信じ、またダーウィンを信じる。このふたつは和解出来ないように見える。私に一貫性が欠如しているといって責める向きに対する回答は、両方とも真実であるから、和解出来るはずであるというものだ。和解出来ないというのは見掛けだけであり、一時的なものであり、事実ではない。その和解は、一方を少しかじり、他方も少しかじって接着すれば済むというものではない。このようなやり方を人々が我慢できるわけはない。そして、このようなやり方をすれば、必ずどちらの真実も拒否する事になるであろう。真実のやり方はその困難を率直に認め、その本当の価値を測り、正確な形でその知識を獲得する事である。(『カンタベリ植民地』一九三-四)

バトラーとダーウィンの葛藤があまりにも有名になってしまったため、あたかもバトラーがそこを境にダーウィン進化論への態度を変え、賛成から反対に鞍替えしたように見られてしまう傾向があるが、バトラーのスタンスは、見事に終始一貫していた。
さらに彼が作品を作った時期である十九世紀末の文学環境の既成の構図、すなわち倫理的な衰退もしくはデカダンと、社会的、政治的、経済的な意味での理想主義との葛藤[30]――の中に彼を位置付けてみると、ひとつの特徴が認められる。彼のどの作品にも倫理的な激しさが、皮肉と風刺という形で溢れ出て、理想主義に対する関心が明確には打ち出されていない。バトラーは、当時一部の知識人の関心を引いていた社会主義思想に興味を示さなかった。彼が「体制内反体制」(insider outsider)といわれる所以《ゆえん》である。これは、彼が最初に選んだ科学解説者のスタンスが、大衆の社会主義化を防ぐ目的で成立していたという事情ばかりではなく、[31]バトラーの属するジェントリ階層のエートスが社会主義とは馴染まなかったからに他ならない。[32]
ジェントリの文化がダーウィンを生み出したとすれば、バトラーもその文化の中に生み落とされた。しかし、十九世紀末になって、ダーウィンのように働かなくてもよい階層と、バトラーのように経済的に追い詰められる階層に分化し、さらに自然科学をめぐって内部に対立を孕むようになったのである。ダーウィンのように上手く時代の波に乗って発展した人に対し、バトラーのように上手く乗れず、未来の読者を想定せざるを得なくなった人も現れた。ダーウィンがこの階層を支えていた伝統的な理念をあまり吸収しなかったにも拘らず、見事に新しい展開を成し遂げたのに対し、バトラーは、この階層の成立時に理念とされた「人文主義の提唱する古典的教養」

をバックボーンにしていたのである。

バトラーの前期作品の特徴は、ヴィクトリア朝社会の権威に対する反発である。彼はそれをダーウィン進化論の立場から行った。ダーウィンが一八五九年に出版した『種の起源』を、バトラーはニュージーランドで読み、「種の起源のダーウィン・対話」を三年後に発表したことは前述した。その翌一八六三年『プレス』に再度、彼は「機械のなかのダーウィン」を匿名で発表した。これと一八六五年発表の「酔った夜の業」は、『エレホンあるいは山脈を越えて』に吸収され、それはさらに『生命と習慣』に纏められていくことになる。また、キリスト教関係の作品として、一八六五年に彼はパンフレット『四福音書にあるイエス・キリストの復活の証拠を批判的に吟味する』を発表している。これは、一八七三年に出版された『良港』に吸収されていく。すなわち、『エレホン』と『良港』がこの時期を代表する作品となるが、いずれもヴィクトリア朝社会の一大権威であった英国国教会や、その支配下にあった大学やキリスト教道徳が風刺の対象になっている。

さて、前述のように、バトラーの作品には焼き直しが多いのであるが、たとえ売れなくても、定期刊行物に掲載する目的で文筆に従事していたため、そのような形になることが避けられなかった。しかし、彼は際物《きわもの》で終わらせたくない気持ちを持ち続け、後に整然とした形に纏め上げた。そのお陰で英文学史に名を残すことが出来たのである。『エレホン』はその見事な例である。「エレホン」（erewhon）とは、**nowhere** を逆さまに綴った単語の変形で、「どこにもない」という意味である。そう断わりながらバトラーは、ユートピア物語を語る。ユートピア物語の元祖は、トマス・モアの古典的名著『ユートピア』であり、「ユートピア」という言葉もギリシア語で「どこにもない」という意味である。[33] 厳密に言うとモアは「ユートピア」を理想郷として描いているとは言えないが、実在する彼の生きた時代社会を批判し、風刺するという意図はしっかりと持っている。ジョナサン・スウィフトの『ガリヴァー旅行記』もこの系譜に連なるとされるが、こちらはさらに彼の時代の政治、宗教、人間性への風刺が強めてあるため、「逆さまユートピア」（dystopia）物語と言われることがある。バトラーが手本にしたのは、これらの物語である。

ユートピアや逆さまユートピア物語は、ファンタジーと同様に、いわゆる小説とは異なり、写実を避けて空想を追う。そこにある精神は理想とか風刺ということになる。モアはルネサンス時代にあって、封建的な社会体制からの自らの解放を意図してこの書物を著した。しかし、スウィフトやバトラーは、理想を描いてはいない。恐るべき世の中を描いて、その時代を風刺した。前者の主たる関心は政治にあったが、後者は、進化論の含意を探りつつ、当時のヴィクトリア朝社会を風刺した。

ダーウィン進化論を糧にして展開した作家として、筆者はすでにトマス・ハーディを論じている。彼の場合は、「最適者生存」の倫理的含意に悩みながら、ヒトと動植物を結びつける「共通起源説」に注目して、進化論時代の倫理的問題に新しい光を当てている。バトラーは、ヒトを含めた生物の他に、「未誕生児」と「機械」を特に取り上げ、倫理的な欠陥や汚点が、病気よりも許容される人間社会を描き、さらに、人間以上に進化する可能性があると考えられた機械を排除した社会を想像してみた。逆さまユートピア物語を採用したため、ダーウィン進化論の含意が小説よりも、広く扱われているのである。エレホン人の宗教観、倫理、誕生および死についての考え方や、教会や大学などの制度を、ヴィクトリア朝社会のそれらと重ねながら、バトラーは風刺を効かせて描き出した。

『良港』は、イエス・キリストの復活についての議論である。序論と結論以外は八章で構成されている。すなわち、第二章「シュトラウスと幻覚論」、第三章「聖パウロの性質と改宗」、第四章「パウロの証明を考察する」、第五章「間違った判断による弁護法の考察」、第六章「さらなる不正直」、第七章「反対者が感じた難点」、第八章「反対者が感じた難点（続）」、第九章「キリスト理想像説」である。第二版から実名を記入したバトラーはその序文で、この作品につき、ウィリアム・ビカステス・オーエンという人物が兄弟と思われる故ジョン・ピカード・オーエンの遺稿を発表するという体裁が採られている事情について解説している。それによると、『エレホン』

の「音楽銀行」を英国国教会と受け取り、彼がその風刺をしていると解釈する向きがあったため、誤解が再び繰り返されないように、語り手を別に用意し、さらに念を入れてもう一人の語り手を用意したというのである。キリスト教の根幹に位置するイエスの復活の問題について意見を公にする際には、当時これだけの慎重さが必要とされていたのである。しかし、この問題については、聖書批評の盛んであった当時、イギリスのみならずヨーロッパで、様々な対立する意見がすでに存在していたのである。

その中で、『良港』の議論は、一八四六年に小説家ジョージ・エリオットによって翻訳されたダーフィット・F・シュトラウスの『イエスの生涯』を批判するという形で展開している。『イエスの生涯』は、当時イギリスの進歩的インテリに衝撃を与えた問題の著作である。シュトラウスは、当時ドイツのキリスト教会内での主なる勢力として信仰覚醒運動を主導していた、奇蹟を信じ、聖書の文言を文字通り超自然主義的に解釈する派も、聖書の文言を書かれた通りにではなく、モーゼやイエスを神の子ではない実在した有徳の人物として捉える自然主義・合理主義派も同様に批判し、聖書を神話として解釈してみせた。つまり、シュトラウスは、聖書の物語の核心を神の精神とは見做さず、民衆の共同体の精神と取った。その精神が生み出した神話が聖書だと言うのである。したがってキリストの生誕、奇蹟、復活、昇天も、史実としては疑わしくとも、民衆の想像力の所産であるから永遠に真理であり得るとする。ヘーゲル学派を自認するシュトラウスのこの解釈は、もちろん当時のドイツの教会や神学者たちに強い衝撃を与え、その結果、学派の分裂が引き起こされたことはあまりにも有名である。[34]

バトラーが『肉なるものの道』を書き始めたとされる一八七三年、すなわち『良港』出版の年に、彼の中でこのイエスの復活の問題が強く意識されていたことは、この小説が示唆している。主人公アーネスト・ポンティフェクスは、聖職叙任後はロンドンの中心部のある教区の牧師補に任命され、そこで布教活動をする。ある日彼は、懐疑的な鋳掛け屋のショウを改宗させるべく訪問し、逆に彼から、四福音書を混同せず、それぞれの書記者がイエスの復活について告知している内容を明確に理解した上で、出直すよう勧められるのである。因《ちな》みに、四福音書とは、「マタイ」、「マルコ」、「ルカ」、「ヨハネ」の四書である。書記者はキリストの復活を目撃した人々ではない。すなわち、四福音書に記されている話は伝聞なのである。

大物と対決することを自分に課していたバトラーにとって、シュトラウスは相手として不足はなかった。彼はイエスの復活に焦点を絞って、シュトラウスの説を検証する。キリストの復活は、マグダラのマリアらによって目撃されたとされている。四福音書の書記者がそれぞれの視点からその出来事を捉え直して書き留めている。シュトラウスは、彼女たちが幻影を見たのだと断定した。しかしバトラーは、もし幻影であったのならば、それはもっと頻繁に長時間、多くの人々が体験したはずではないかとの疑問を呈する。

シュトラウスの説では、イエスは十字架上で死に至ったとされるが、その証拠はあるのだろうか、とバトラーは問いかける。事実ならばその時と場所が特定されねばならぬはずであるが、それがない。つまり検死が為されていないと彼は主張する。そして、イエスは生きて現れたのだから、死んではいないはずであるとバトラーは論じる。

シュトラウスは、イエスの十字架上の死を書記者が認めている点には賛成する一方で、イエスが復活したと記述している点には反対している。書記者を何と心得ているのだろうか、とバトラーは疑問を呈する。また、墓から瀕死の状態で這い出し、苦しみ喘いだ人物が、死を克服した人として使徒たちを感銘させることは不可能であろうから、イエスは生存してはいなかったとシュトラウスは推論しているが、その証拠がない、とバトラーは主張する。

このきわめて独創的な論旨は、ダーウィンが『種の起源』で憶測を避けて証拠を求めた態度とよく似ていることに気付かされる。章の立て方、特に、「反対者が感じた難点（difficulties）」というような章の見出しは、『種の起源』の第六章「学説の難点」を想起させる。はたして、ダーウィンは『良港』を歓迎した。

親愛なるバトラー君
『良港』を贈って下さり有難う。お礼状が遅れてごめんなさい。今読み終えたところだ。とても面白かった。君が作者と知らなかったら、作者は正統派ではないとは疑ってもみないだろう。……正統派が君の異端を嗅ぎ付けるかどうか興味津々だね。……レズリー・スティーヴンが作者は君だと狙いをつけていたよ。……君のこの作品には劇的な力があるので感動した。……イエスは十字架上で死んでいなかったという論の立て方が驚きだ。説得力があるかどうかは分らないが。……

チャールズ・ダーウィン
（『サミュエル・バトラー——回想』第一部　一八六–七）

しかしながら、バトラーは、この時すでに自分のスタンスを見出していたと言える。イエスの復活問題に結論を与えるために使徒パウロを引き合いに出して、「コリントの信徒への手紙一」の第十五章第八行を引用している。パウロは「月足らずで生まれたような」自分にもイエスは現れて下さったと書き留めた。これをバトラーは「幻想」ではなく、「啓示」であると言う。そして、すでに信仰を持ち、イエスの復活を信じていたパウロなので、それを実感することが出来た、イエス復活の本質はここに見えると締めくくっている。

このように論を進めてバトラーは、形式的な復活を信じる正統派の解釈にも、キリスト再現の合理主義的解釈にも、シュトラウスの聖書高等批評にも与しない自分の立場を明らかにする。当時の英国国教会の文脈で言うと、彼は福音主義運動を主導した低教会派も、オクスフォード運動を引き起こした高教会派も退け、広教会派にも全面的には与しない立場を取ろうとしている。[35] 様々な解釈が対峙してこそ良いのであって、「率直さ」こそ「良港」にキリスト教徒を導くパイロットだと彼は結論するのである。

このようにバトラーは、如何なる社会的権威にも依存しない独立したスタンスを模索したのである。

二　自然科学への反発

バトラーの中期作品の特徴は、ダーウィン進化論に対する反発である。『生命と習慣』、『新旧の進化論』、『無意識の記憶』、『幸運あるいは狡知』などにそれが顕れている。

ダーウィン進化論の自然選択説の意味をいち早く理解できたバトラーは、その含意の危険性をも同時に察知することができた。自然が偶然に依存する変異を選択するのであれば、そこには方向も目的も存在しないばかりではなく、生命は外から規制される単なる機械的なプロセスに過ぎないことになる。精神や意志や心は宇宙から追放され、生物は遍《あまね》く機械になってしまうではないか。

しかし、機械は何の為に有るのか？　人間の手足の延長として有るのではないか？　ということは、逆に人間の手足は機械の一種として捉えてもいいかもしれない、とバトラーは考えた。ここに『生命と習慣』の出発点がある。

十五章で構成されているこの書物の各章は次の通りである。第一章「ある獲得された習慣」、第二章「意識的・無意識的に知るもの――法と慈悲」、第三章「前二章を、本能と普通見做される誕生後に獲得されるある習慣に適用する」、第四章「前原理を誕生前に獲得される行為と習慣に適用する」、第五章「個人の同一性」、第六章「個人の同一性（続）」、第七章「我々の従属的個性」、第八章「前章の適用――外的物質の同化」、第九章「記憶の休止について」、第十章「形態と本能の区別が主に記憶によるならば何を発見すべきか」、第十一章「遺伝された記憶としての本能」、第十二章「無性昆虫の本能」、第十三章「ラマルクとダーウィン氏」、第十四章「マイヴァート氏とダーウィン氏」、第十五章「結論」である。

我々が必要に迫られて機械を造るのと同じ理由で手足は造られたのではないか？　しかし、機械と違って手足は我々の知らないうちに出来ている。これは記憶により形態が造られた例である。

人間の話したり、歩いたり、読んだり、書いたりする技能は誕生後に獲得されるが、これらは本能と呼ばれていいものである。しかし、飲み込んだり、呼吸したりする動作は、誕生前から存在するものであり、それは人類よりも古い動物の祖先の記憶に由来するものである。さらに、消化したり、血液が循環したりするのは最も古い習慣に由来し、無脊椎動物にまで遡るという。この無意識の記憶をバトラーは彼の進化論の中心に据えたのである。

バトラーはさらに話を進めて、世代を通して受け継がれる記憶の問題を論じる。個々人は経験なしでどうして経験の記憶を持つのか？　ここで個人の同一性の問題が生じる。人間は歳をとってから生まれたての赤ん坊時代を振り返っても何も覚えていないように、記憶はなくても、生まれたての赤ん坊は胎児に、さらには受精卵へと繋がりを持っている。つまり親と子は同じ人格ということになる。

胎児は、連想により記憶が呼び覚まされるまで眠っている先祖の行為の記憶を持つ。習慣は記憶に基づき、遺伝現象の根底を形成している。人間は進化するにしたがい異なる習慣を身に着けることになるが、古い習慣ほど無意識となる一方、新しい習慣は意識的になり、それを獲得するために試行錯誤の努力が必要となる。したがって誕生とは、生命の始まりなどではなく、意識的な記憶の獲得のために無意識の記憶を離れる瞬間である。

このように進化とは決して外から人間に働きかけるものではなく、内側からの知る欲求、生きる欲求、意志や必要の感覚によって創り出されるものであるとバトラーは結論している。

二年後の一八七九年に出版された『新旧の進化論』は、二十二章で出来ている。その構成は次の通りである。第一章「問題提起——目的論に反対する最近の意見」、第二章「ペイリーと神学者の目的論」、第三章「ペイリーの結論の重要性——進化論者の目的論」、第四章「初期の進化論者が自分たちの立場を目的論と見做し損ったこと」、第五章「組織の目的論的進化論——無意識の哲学」、第六章「仕事の残りの部分の計画——進化論の史的素描」、第七章「ビュフォン以前の進化論とドイツの著者たち」、第八章「ビュフォン——回想」、第九章「ビュフォンの方法——彼の仕事の皮肉な性質」、第十章「意見の想定された変動——種の変化の原因あるいは方途」、第十一章「ビュフォン——引用」、第十二章「エラズマス・ダーウィン博士の生涯の素描」、第十三章「エラズマス・ダーウィン博士の哲学」、第十四章「『ゾーノミア』からの引用」、第十五章「ラマルク回想」、第十六章「ラマルクに対する一般的誤解——彼の哲学的位置」、第十七章「『動物哲学』の要約」、第十八章「パトリック・マシュー氏、エチエンヌ・ジェフロアとイシドール・ジェフロア・サンチレール、ハーバート・スペンサー氏」、第十九章「新旧進化論の合意点と相違点」、第二十章「変容の方途としての自然選択——この表現がひきおこす混乱」、第二十一章「ダーウィン氏の自然選択という表現の弁護――マイヴァート教授と自然選択」、第二十二章「ラマルクとチャールズ・ダーウィンの進化論の違いを例証するマデイラカブトムシの場合」。

『新旧の進化論』でまずバトラーが試みたことは、前作『生命と習慣』で披瀝した独自の進化論の史的位置付けであろう。それを彼はダーウィン進化論に対峙するものとして打ち出そうと試みたのである。すなわち、「自然選択」を排除した進化論である。

バトラーが選んだ三人の進化論者のうちダーウィン博士を除いたビュフォン、ラマルクの二人と、追加されたパトリック・マシュー、エチエンヌ・ジェフロア、イシドール・ジェフロア・サンチレール、ハーバート・スペンサーは明らかにダーウィンが『種の起源』の、一八六一年に出版された第三版の付録とした「種の起源に関する意見の進歩の歴史的概要」から引用している。そのうちスペンサーは、一八八七年出版の『幸運あるいは狡知』で再び論じることになる、当時イギリスで活躍していた哲学者で、「自然選択」説に批判的な立場を取っていた進化論者なのである。

前述のようにバトラーは、ビュフォン、エラズマス・ダーウィン博士、ラマルクを進化論の先達と見做した。注意すべきは、バトラーが進化論を論じる際に「目的論的」という場合、それは神の、つまり外的なデザインから来る目的ではなく、生物がそれ自身のなかに持っているとされる目的を意味していることである。したがって、バトラーが『新旧の進化論』で使用している

「目的論」という概念と言葉は、彼独自のものと言っていいのである。

バトラーは、このようにしてキリスト教の目的論も、「自然選択」説の非目的論も避け、目的論的進化論を過去の進化論から学びとったのである。その説は、彼が前作『生命と習慣』で披瀝した独自の進化論の要諦である、親子の連続、無意識の記憶に基づく習慣の説と無理なく繋げることができた。

バトラーはその「目的論的進化論」を『無意識の記憶』の第一章で明らかにしている。『新旧の進化論』の翌年に出版されたこの著作には、『新旧の進化論』と『生命と習慣』を著すに至った経緯とダーウィンとのやりとり、さらに当時のドイツの心理学者エワルド・ヘリングの紹介と彼の『記憶』の訳出、同じくドイツの哲学者K・R・E・ハルトマンの紹介と、彼が『無意識の哲学』で本能について論じた一章の訳出が含まれている。『生命と習慣』を執筆していた時点で、バトラーは、一八六九年に出版され、十九世紀の最後の四半世紀にイギリスを席捲した『無意識の哲学』を知らなかったものと思われる。ハルトマンの二元論に基づく「無意識」はバトラーにとっては神秘的に見えたが、多くの点で、特にダーウィン進化論の「自然選択」説の拒否において共通点があった。

このようなバトラーの仕事を総括し、バーナード・ライトマンは『サミュエル・バトラー――性分の合わないヴィクトリア朝人』において、科学の解説者（popularizer of science）としてのバトラーを追究している。[36] このアプローチは、ダーウィン進化論の批判者の中で、マイヴァートなどの専門家とバトラーを区別できるという長所を有している。その最大の論拠は、『新旧の進化論』の第一、二、三章で披瀝されている、バトラーのウィリアム・ペイリーの『自然神学』への傾倒である。ペイリーは、時計に考案者が存在するごとく、自然にもデザイナーが存在すると想定して、あらゆる生物の環境への適応を慈悲深い神の摂理に帰着させ、外的な目的論を自然界に適合させた、英国国教会広教会派の重鎮である。バトラーは、この着想を逆手に取って、機械の進化を生物の進化に当て嵌《は》めた。そして、外的目的論を内的目的論に転換させたのである。内的目的論は、ハーバート・スペンサーやグラント・アレンら、ライトマンが当時の科学評論家すなわち「解説者」(popularizer) と見做す人々に共通していたという。つまり、当時の「科学解説者」は、自然神学の伝統の上に仕事を見出していたのである。

ところが、ダーウィンとの葛藤を契機に、バトラーは科学者にとっても、科学解説者にとっても危険人物になってしまったとライトマンは前掲書で主張している(一一六-七)。すなわち科学者が専門的になりつつあり、科学解説者が彼らのお墨付きを頂かねばならなくなりつつあった時代に、バトラーは科学者間および、彼らに追随する解説者と科学者との間における意見の不一致を白日の下に曝し、その状況を風刺し、攻撃してしまったからである。バトラーは、著述家としての自分がボイコットされたのは、教会関係者の仕業というより、科学者軍団のせいだと繰り返し記録している。[37]

バトラーは何を考えていたのだろうか。彼を「科学解説者」とすれば、一般的な「科学解説者」と彼の決定的違いは何なのであろうか。ここで改めて、彼の処女作「種の起源のダーウィン・対話」に記されていた彼の初心を思い起こさなければならない。バトラーの目に映ったこの新しい科学者たちは、キリスト教に取って代わって西欧文明に転換点をもたらす勢いを持っていた。この人々の世界観がすべてに取って代わってしまったらどうなるか？　バトラーは自分の仕事が、科学の専門家とは異なることを熟知していたばかりではなく、仕事の範囲を既成の「科学解説者」のそれにも限定してはいなかった。

チャールズ・ダーウィンはおそらくバトラーの初心と決意を洞察していたに違いない。また、彼が自分のマナーだけを問題にしているわけではないことも認識していたであろう。しかし、「自然選択」を進化のメカニズムとして完璧に説明した最初の科学者として名を残すことにすべてを捧げる決意を固めた者として、簡単に譲歩するわけにはいかなかった。版を改める度に手を入れ、反対者の意見を記述し、丁寧に考察することによって自分の学説に磨きをかけたのである。しかし、バトラーを自分の急所を知っている怖い人物であるとは認識していたものと思われる。

三　文学・芸術の権威への問題提起

バトラーは、「科学解説者」として終わるつもりはなかった。彼の後期作品の特徴は、中期である一八八一年にすでに顕われていた。すなわち、『アルプスと聖域』である。ジェントリ階層の人間の嗜みとしてバトラーは幼い頃からイタリアを旅行し、長期間滞在する機会に恵まれた。それは、独身で身軽な彼を、生涯を通して喜びと楽しみで満たしてきたのである。バトラーはイタリアの南端にあるシチリア島まで旅行しているが、最も好んだ地方は北端のミラノの近くにあるヴァラッロ（Varallo）である。当時は列車を使ってスイスからアルプスを越えて入った。この町を見下ろす岩山に点在するサクロ・モンテというカトリック教の聖地が目標であった。岩山に教会堂や礼拝堂があり、その中に聖書の物語に材を取った、ルネサンス直前に作られた絵画や彫刻が残されている。素朴な山村に今なお生き続けている信仰心が、美術を媒介にしてコミュニティによって継承されているところに彼は心打たれた。バトラー自身および、ゴーギャンとジョーンズが描いた挿絵をふんだんに織り込んだこの著作は、外国の風物の紹介を目的とした一種の旅行記と言えるかもしれない。もちろん、ヴィクトリア朝時代の旅行ブームを背景に次々と出版されたこの種の書物とは一味違って、本当の通が興味を持つようなめずらしい異文化紹介である。しかし、彼はそこに留まらなかった。

美術評論という形でその興味を深め、一八八八年に『誓いの通りに』を出版したのである。バトラーは画家ガウデンツィオ・フェラーリ（Gaudenzio Ferrari）および、彫刻家ジャン・ド・ウェスピン又の名をタバケッティ（Jean de Wespin, Tabachetti）の作品に特に注目した。前者は一四八四年頃の生まれであり、後者はそれから半世紀ほど後に生まれたとされている。ルネサンス時代である。イタリアの巨匠ラファエロが一四八三年生まれであることと、イギリス美術評論の大御所ジョン・ラスキンに率いられ、一八五〇年前後に活躍したラファエロ前派の存在が直ぐ思い起こされる。ラスキンは、産業革命後に実利を追求し芸術に関心を持たなくなったイギリス国民に対し、人間教育の一環としての美術を教えた。名著『ヴェネチアの石』では、ルネサンス様式に対してゴシック様式の美を力説し、中世の美的価値を掘り起こした。ラファエロ前派は、その精神に従ってアカデミズムにおけるラファエロ以後の古典偏重に異を唱え、その主張を実践したのである。

しかし、一八八八年ともなるとラスキンもラファエロ前派もすでに立派な権威であった。一八七八年に起きた、ラスキンと、フランスの新しい潮流の洗礼を受けたジェイムズ・マクニール・

ホイッスラー（James McNeill Whistler）の対決は、ラスキンの審美眼がすでに時代遅れになってしまったことを暗示している。[38] バトラーは表立ってラスキンを批判してはいないが、ゴーギャンを通してフランス印象派をよく知っていたことは『ノートブックス』に明らかである。たとえば、次のような彼の書付は印象派の創作理念を思い起こさせる。

［絵画において］細部をどんなに描いても、その絵を見る人の目はより多くの細部を欲しがるであろう。その目は十分に支払われてはいないのだということを熟知しているであろう。逆に、ほんの僅かしか描かなくても、通常目は妥協してほんの少ししか欲しがらないであろう。どちらの場合も、目は欲しがる。したがって、遅かれ早かれ［画家は描くことを］止めた方がよいであろう。分別のある絵は、分別のある法律、分別のある著作、その他分別のあるすべてのものと同様に、主張するものと省くものを承知している。画家の技量は、どこで止めるかを知る点にある。（『ノートブックス』一三五‐六）

中世の美的価値を鑑賞し、古典偏重を制度化した模倣中心の美術教育と、それを是認するような美術鑑賞に異を唱えた点において、ラスキンはバトラーと同様である。しかし、後者は前者のゴシック趣味と道徳的態度を嫌ったことと思われる。

バトラーは、ラスキンが古典偏重を嫌ったとはいえ、ヴェネチアなどの大都市とその近辺に美術を求めているのは、不徹底だと見做したのである。彼は、イタリアルネサンスの神髄はヴァラッロにあると考え、それまでレオナルド・ダ・ヴィンチの弟子の一人としてしか評価されなかった、フェラーリに注目したのである。大きなもの、権威あるものを盲目的に尊敬したり、ただ名前のゆえに価値ありと見做すような美術鑑賞の有り様に反発したのである。そして、バトラーが新しい美術の見方を飽くなき探究心をもって追究したのは、人類が生き残るためには、内側からの知る欲求を持つことが不可欠であるという彼の進化論に基づく信念に因《よ》るのである。

バトラーは、一八九二年以降は文学研究を目指した。そこで取り上げた作品は、当時ヨーロッパの文学的文脈で最高権威とされたホメロスの作とされる『イーリアス』と『オデュッセイア』および、国文学の最高権威ウィリアム・シェイクスピアである。ホメロスの二作は、平明な日常英語に翻訳して発表したが、さらに『オデュッセイアの女詩人』を著した。また、『シェイクスピアのソネット』では、ソネットが書かれた順序と恋愛の相手などについて新説を提示している。これ以外には、祖父の伝記『サミュエル・バトラー博士の生涯と手紙』、『エレホン』の後日談である『エレホン再訪』、および英文学史に名を残した死後出版の名作『肉なるものの道』などの著作がある。

『オデュッセイアの女詩人』の時代背景としては、一八七〇年に始められたハインリッヒ・シュリーマンによるトロイア遺跡の発掘の成果としての『イーリアス』の舞台の実在の証明を無視することは出来ない。もちろん巨万の富を投じて発掘事業を推進したシュリーマンとは規模において比較にはならないが、バトラーの強みは、ギリシア語に堪能なことであった。

『オデュッセイアの女詩人』には、二つの問題提起が為されている。一つは作者について、もう一つは、作られた場所についてである。

『オデュッセイア』は『イーリアス』と同じくホメロスの作とされている。しかし、弾唱によって伝承されてきたとされるので、作者については様々な説が存在していた。同一作者によって作られたのか、作者は一人なのか複数なのか定説はない。聖書批評と同様、特定の作者は存在しないという説さえあった。その中で、バトラーは考えつく限り最も刺激的な仮説──『オデュッセイア』の作者は女性であった──を提示したのである。

バトラーは『イーリアス』が、戦争という事件の中に男性社会を描く一方、家庭や妻子の愛情を冷淡に扱っているのに対し、『オデュッセイア』は家族の結束、夫婦の愛情、妻の貞節を細かく描いていると指摘する。さらに、後者に登場する女性の性格が比較的洗練されている一方、男性が粗野な人物として描かれていると述べる。また、後者に散見される誤りを列挙して、それらは若い女性が陥りがちな誤りであると指摘する。たとえば、舵は船の先端にも取付けられているとか、乾燥した木材は成長途中の木から切り取られるとか、鷹は飛行中に獲物を裂く等々（『オデュッセイアの女詩人』九）である。さらに、バトラーは、『イーリアス』で戦士として扱われていた女神ミネルヴァが『オデュッセイア』では女性である点にも注目する。またオデュッセウスが帰還して妻ペネロペイアの求婚者たちを殺してから、彼らと姦通していた召使たちに死体の始末をさせた上で、彼女たちを絞首刑に処する描写は、男性の著者のよく為し得るところではないという。

次にバトラーは『オデュッセイア』の舞台となっている場所の特定に取り掛かる。そして、この叙事詩の叙述から地形の特徴を洗い出して調査した上で、オデュッセウスが難破して漂着したスケリアと、ペネロペイアの待つ我が家のあるイタケは、シチリア島のトラパニであると推論している。オデュッセウスはトロイ戦争の終結後、小アジアのエーゲ海沿岸にあるトロイアからエーゲ海を渡って、クレタ島の北を通り、イタリア半島の先端にあるシチリア島を廻っていたと主張する。

さらにバトラーは作者の特定へと進み、トラパニの近隣以外は知らない、暇と教養のある女性を探す。その結果、『オデュッセイア』の作者は、漂着したオデュッセウスを手厚くもてなしたスケリアの王アルキノオスの娘ナウシカァであるという結論を出す。その理由として、この部分が特別に生き生きとした熱心さと素材の熟知をもって叙述されていることが挙げられている。ここでバトラーは歴史的考察に入り、ツキジデスの考証に基づき、紀元前千年頃、トラパニでギリシア語が使われていたと指摘し、ここは当時トロイアに住むイオニア人の植民地で、彼らは『イーリアス』を携えてここに移住して来たと論じる。その事実を参照した上で、『オデュッセイア』の作者をナウシカァと推論するのである。

ホメロスの『イーリアス』と『オデュッセイア』は、ヴィクトリア朝時代においては聖書と並ぶ権威ある書物であった。ここから「勇気」や「寛大」などの男性のエートスが引き出され、高等教育の要諦として尊重されていたのであった。その作者として当然、神に近い威厳ある人生の師匠が想定されたのである。W・E・グラッドストンは一八五八年に『序説・ホメロスとホメロス時代』を著し、マシュー・アーノルドは一八六一年に「ホメロスを翻訳する」というタイトルで連続講義を行い、そのようなホメロス像を広めた。バトラーの説は言うまでもなく、複数作者説でさえ、彼らにとっては作品の倫理的な価値に対する脅威となったに違いないのである。[39]

このような時代背景を視野に入れて、焙《あぶ》り出されるバトラーの意図はどの様なものだろうか？彼は、まず専門家の教える権威ある見解にとらわれずに、背景となっている事実を調査し想像力を駆使してテクストを読む楽しさを読者に教えながら、常識の拠所《よりどころ》にするところの根拠の無さを暴露する。そして、当時の権威である古典学と父権主義とヴィクトリア朝へレニズムに対して痛烈な風刺の矢を放っているのである。もちろん、このような刺激的な新解釈を次々と生み出す彼の信念が、彼自身の進化論に支えられていた事は自明であろう。

『シェイクスピアのソネット』でも同じモチーフが繰り返される。これは、シェイクスピア学のアカデミズムに対する風刺である。ソネットとは、ルネサンス時代にイタリアから移入された詩形式であり、イギリスで大流行して、イギリス式という変形が作られた。シェイクスピアがそれを駆使した詩人の代表格となった。内容は恋愛感情の吐露で、目的はその気持の相手への表明である。シェイクスピアの作品は百五十四篇残されており、一六〇九年にトマス・ソープ（Thomas Thorpe, 1570–1635）によってW・Hなる人物へのソープ自身の献辞付きで出版され、それはクォート版あるいはQと呼ばれ、決定版となっている。

詩は製作された順に配列されている事になっていた。詩の内容からは、詩人の恋人として美青年と妖艶な色黒の情婦が想像される。第一番から第十七番までは美青年に対する、早く結婚してその美貌を子孫に伝えよ、というメッセージがモチーフとなっている。第十八番から第一二六番までは、同じ美青年に時間の持つ破壊的な力を説き、詩の永遠不滅である事を示唆している。最後の二篇を除いた残り二十六篇は色黒の情婦に対し欲情を吐露する詩であるとされてきた。

バトラーはまず、その二十六篇の位置が誤っていると指摘した。それらは第四十番以降に位置すべきものであると言う。そして、詩の中から証拠を挙げながら、クォート版にある順番を大幅に変更して、新しい自分の順序で並べ替え、コメントと創作年を推定して書き加えている。大きな異同は、色黒の情婦に関する二十六篇を美青年に捧げられた作品群に付加して再編成した事である。色黒の情婦と美青年が密通したと第四十番に示唆されているからである。そして、その二十六篇のうち九篇のみが情婦に捧げられたと結論している。

バトラーはさらにW・Hなる人物は誰であるかを推察する。そして、先人の様々な説を丁寧に検証した上で、トマス・ティリット（Thomas Tyrwhitt）によって提示され、一七八〇年にエドマンド・マローン（Edmond Malone）によって裏付けられたウィリアム・ヒューズ（William Hughes）説を支持する。この説は、第二十番の七行目の"A man in hue all hues in his controlling."（形のある人よ、すべての形は思いのまま）を根拠にしている。バトラーは同名の人物が船乗り料理人にいたことを当時の資料から突き止めた。[40] その結果、従来の高貴なるパトロン、ペンブルック伯ウィリアム・ハーバート（William Herbert, Earl of Pembroke）説やサウスハンプトン伯ヘンリィ・リズリー（Henry Wriothesley, Earl of Southhampton）説が退けられたのである。

またバトラーは、詩の中からもW・Hが詩人と同等の階層に属していた証拠を探り当てようとしている。まず、美貌を残すために結婚して子孫を作れという美少年に宛てたメッセージは、それ以外に残すものがない青年を想起させる。さらに、一介の座付き作者に過ぎなかったシェイクスピアが詩の中に残せると自負する青年の永続的な名声など、高貴な人にとって何ほどの価値があろうか、そのような人なら別に幾らでも名を残す手段を持っているのではないかとバトラーは疑問を呈する。また第二十五番第一行目の「星まわりに恵まれた人々」について"Let those who are in favour with their stars/ Of public honour and proud titles boast,"とあるが、もし高貴なる人にこの詩を捧げるのであれば、"those"を"you"とすべきであると言う。また、第二十九番で、自分は「幸運の女神にも人々にも名誉を与えられず」としてあるが、もし高貴なパトロンを得ていたのなら、そうは言わないはずであるとも指摘している。

シェイクスピアのソネットは、実際の感情を詠《うた》うのではなく、詩人の実人生とは切り離された、いわば習作として書かれているとする一派があるが、もちろんバトラーはその派には属さない。そして、このように年下の、自分より同格かそれ以下の階層に属する美青年をシェイクスピアの恋人として想定するバトラーから直ぐ連想されるのは、前述したパウリである。バトラーは実人生からヒントを得たに違いない。さらに、シェイクスピアのホモセクシュアリティの根拠とされるソネットを取り上げて、[41] 彼の恋の相手を同格の青年としたバトラーの狙《ねら》いは、エドワード・ダウデンらの、シェイクスピア戯曲のモラル批評が主流であった時代背景を考慮すると明確になる。[42] バトラーは『オデュッセイアの女詩人』において権威を風刺したのと同様に、猥雑なものとしてセクシュアリティを払拭した当時のシェイクスピア鑑賞と、それを指導した国文学の権威を揶揄しているのである。

『エレホン再訪』は短編である。明らかに、ほぼ三十年前に彼に作家としての地位を与え、彼が自分の最高傑作と見做した『エレホン』に付け加えたいことが生じたために創作されたものである。『エレホン』の結末は、主人公ヒッグズが恋人アロウヘナを伴い、気球に乗ってエレホンからイギリスに帰還し、結婚してロンドンに住みつくという事であった。『エレホン再訪』は、ヒッグズがそれから二十年後に、エレホンを再訪するところから始まる。再訪してみると自分の消失が奇蹟と見做され、彼は「太陽の子」(Sunchild) として音楽銀行に奉祀《まつ》られているのであった。『エレホン』と同時期に書き上げられた『良港』では、キリストの復活を最初に記述した福音書の著者たちは、イエスの復活をすでに信じていたので、生きているイエスを見て復活したと思った人から訊いた話を、事実と見做したのではないかと推論されていた。それから三十年後、バトラーは宗教を希求する人間の本性の強さに注目するに至ったのである。ヒッグズはイエスのような理想的性格を表わすような人ではない普通の人であるし、使徒のような弟子も持ってはいなかったにも拘らず、神に奉祀り上げられているからである。

『エレホン再訪』は『エレホン』と比較すると多様性に欠ける。それは、主題が絞られているからである。後者に盛り込まれていた主題のうち、宗教に関するもの以外は、前者では可能な限り払拭してある。登場人物も限定されている。ヒッグズはエレホンを再訪して我が子であるジョージと会う。彼の母はイラムといい、ヒッグズが二十年前にここに紛れ込んで捕捉され、投獄された時、エレホン語を教えに来てくれた女性であった。首都へ連行される直前に彼と過ちを犯して妊娠し、市長となる男性と結婚し、七か月でジョージを生んだのであった。現在、森林警備員をしているジョージは、「太陽の子」の子らしいというので周囲から特別視されているのである。

二人は互いに親子であると認め合い、ヒッグズは息子に助けられながら現在のエレホンを体験する。偶々《たまたま》サンクストンという都市に「太陽教」を祀《まつ》る寺院が建立され、そこで「太陽教」成立二十周年記念式典が開催されていたので、それを見学した後に、無事イギリスに帰国する。その体験談を、アロウヘナとの間に生まれた方の息子が記述するという筋である。

その他の主要登場人物は三名――ハンキー教授、パンキー教授、ダウニー博士である。ハンキーは世俗知、パンキーは非世俗知、ダウニーは論争を専門とする。いずれも一般大衆と異なり、国教である「太陽教」を支持はしても信仰してはいない。しかし、影響力の拡大を狙って詭弁を弄するハンキーの方がパンキーより危険であるとヒッグズは見做す。科学知識は「文字」で書かれた文献よりも真実ではない場合があるという。[43] しかし、儀式を重んじるパンキー派は次第にハンキー派の支配下に入るという。結局、若い頃は『問題曖昧化術』というような著作で知られたが、次第に成熟していったダウニーのスタンスこそ将来の宗教にとって有益であるとヒッグズは結論する。

ヒッグズは、別れ際に愛しい息子に次のような言葉を残すのである。「完全な真実などどうしたって得られないよ。……ダウニー博士の指導に従い、眉唾な作り話を取り除き、無価値な私を理想化し、私をお前の最善の考えを掛ける釘にしてくれれば、〈太陽教〉は真実に近いものになるだろうよ。」（二二八-九）また、「イギリスでは、ダウニー博士は広教会派だろうね」（二二七）

とも言及する。そして、ヒッグズの生みの親であるバトラーは、『エレホン再訪』の序文で、自らの宗教的立場を、英国国教会広教会派と明記したのである（xxiv）。

バトラーは自伝を執筆しなかった。死後出版の『肉なるものの道』は自伝のようで自伝ではない。風刺作家には自伝は書けないのである。一七七七年出版の『生命と習慣』でバトラーは、親子の記憶の繋がりと習慣の関係を考察した。人類が生き残るためには、新しい習慣を獲得する必要がある。そのために試行錯誤の努力が必要となる。バトラーは、それをこの小説で証明しようとしている。

『肉なるものの道』は、一見して主人公が経験によって人格的に成長する過程を追究する教養小説（Bildungsroman）のように見える。しかし、典型的な教養小説ではない。物語は主人公アーネスト・ポンティフェクスの三代前の曽祖父ジョンから始められている。ポンティフェクス家の初代は大工のジョン、その息子はロンドンに出て出版業者として成功したジョージ、その息子は国教会牧師となるセオボルドで、アーネストはセオボルドの息子である。

また、アーネストが経験によって成長する姿より、彼が環境すなわち親や学校制度によって抑圧される状況が執拗に描かれ、彼が社会に上手《うま》く適応できないところに焦点が合わされる。さらに、語り手エドワード・オーヴァートンを用意して、物語を枠に嵌め、間接的な語りを試みている。ここにそれまでの教養小説にはない新しさがあり、その独創性が評価されているのである。

紆余曲折の末、聖職を捨て、名づけ親でもあったオーヴァートンに倣い、定期刊行物の書き手となるアーネストの人生は、もちろんバトラー自身の経験に基づいている。しかし、語り手オーヴァートンも作者自身の視点を持っている。彼はアーネストの曽祖父ジョンの住んでいた教区の牧師の息子であり、ロンドンで文筆業に携わっている。そこが、バトラーの経歴に類似しているのである。

さて、バトラーが人生で最も親密な自分の理解者として認め、作品の創作に立ち入らせた人物であるサヴェジ嬢は、『肉なるものの道』の主人公アーネストの叔母アレセアのモデルであると言われている。少年時代のアーネストの血縁で唯一の理解者であるアレセアは、甥姪の中から特にアーネストに着目し、遺産を贈る。それは、彼がラフバラ・パブリック・スクール校長スキナ博士の俗物性を見抜いていたばかりではなく、ゲオルグ・フリードリッヒ・ヘンデルの音楽を愛好していたからである。

ヘンデルの音楽への愛好は、バトラーの生涯をも貫いた。真似をしてカンタータ『ナーシサス』を作曲したこともある。そして、『誓いの通りに』にも披瀝されているような、古典として権威を持つに至った作家や作品よりも、その陰で密かに我が道を行く作者や作品を掘り出し、その良さや価値を解説する姿勢はここでも一貫している。バトラーのヘンデルへの傾倒は、彼と同年生まれのヨハン・セバスチャン・バッハと対比することによって強まっていったと推察される。

バトラーは、「バッハに貧弱な人間感情を自由に表現せよ」と言い、「ヘンデルに旺盛な人間感情を抑制せよ」と言うとすると、どちらも各々にとって困難であるが故にいい勝負であるが、「ヘンデルに有利だろう」と記している（『ノートブックス』一〇九）。さらに、

しかし、教養があっても根が野卑な大衆は、氏も育ちもよい人［ヘンデル］の健康的で優雅で正常な旋律より、妙技や誇示をいつでも好んできた。このためバッハは、聴き手を構造の複雑さにしばしば巻き込むことによってヘンデルより深遠な作曲家として尊敬される。一方ヘンデルは、バッハが本能的に頼っている対位法のような荒地を避けるほど十分に深遠であった。（一〇九）

教会音楽を得意としたバッハに対し、世俗音楽を得意としたヘンデルを上手く表現している。しかし、モーツアルトやベートーベンやワグナーもバトラーは好まなかった。彼によると、西洋音楽史は、ヘンデルとバッハによって二分化してしまったという。バッハは、ハイドンを通じてモーツアルトへと継承されていくのであるが、ヘンデルは文字通り後継者を持つことが出来なかった。しかし、その結果、バッハとヘンデルまで進化したきた西洋音楽は退化せざるを得なくなったというのである。

バトラーは、その後の音楽は、大衆の「頭上を越えて行く」（一一八）ようになってしまったと指摘し、その元凶はバッハにあると断定する。ベートーベンは、「感傷的」（一〇七）で、ワグナーは冷たい。それは、民衆の趣味を馬鹿にしているからだと言うのである。十九世紀以降の西洋音楽がバトラーの感性に訴えなかったのは、作曲家が傲慢にも、自分たちの音楽が理解されてしかるべきだと考えてしまったからだという。そう言うバトラーの感性の背後には、宗教的かつ人間的な彼の趣向がある。それは素朴で純な美を愛するバトラーを彷彿させるのであるが、ここにも権威のある者に対する反発となって顕われた反骨精神が認められるのである。

ダーウィンは、詩への感性を失い、シェイクスピアを読もうとすると吐き気を催《もよお》し、絵画や音楽の趣味もほとんど失ってしまったと正直に告白した。バトラーはダーウィンが失ったものを考察し、それを取り戻し、ダーウィンが招き入れた科学時代に生かす準備をしたと言えるのではなかろうか。

第三章

ユートピア物語『エレホン』

『エレホン』はヴィクトリア朝時代の社会風刺小説であると見做されてきた。確かに第十五章「音楽銀行」、第二十一と二十二章「非合理大学」さらに第十七章「イドグランとイドグラン教徒」は時代の風刺である。イドグランとは、グランディ（Grundy）を逆さに綴った造語であり、世間体を気にする俗物を意味し、ヴィクトリア朝時代に蔓延した人間像なのである。

しかし、それ以外の章、たとえば、第十章「輿論」、第十一章「エレホンの裁判」、第十八章「誕生式文」、第十九章「未誕生児の世界」、第二十三章「機械の書」や第二十六、二十七章の動物や植物の権利について論じてある箇所は、直接的には時代風刺に結び付いてはいない。この第三章では、これらの章に進化論から取材した議論が披瀝されていることを明らかにし、それが如何にヴィクトリア朝時代社会の風刺に関連し、その時代の問題を抉《えぐ》り出すことに貢献しているかを考察する。

『エレホン』は、二十九章で構成されている。すなわち、第一章「荒地」、第二章「羊毛小屋」、第三章「河を遡る」、第四章「鞍部《あんぶ》」、第五章「河と山脈」、第六章「エレホンへ」、第七章「第一印象」、第八章「牢獄で」、第九章「首都へ」、第十章「輿論」、第十一章「エレホンの裁判」、第十二章「不平分子」、第十三章「エレホン人の死についての見解」、第十四章「マハイナ」、第十五章「音楽銀行」、第十六章「アロウヘナ」、第十七章「イドグランとイドグラン教徒」、第十八章「誕生式文」、第十九章「未誕生児の世界」、第二十章「その意味」、第二十一章「非合理大学」、第二十二章「非合理大学（続）」、第二十三章「機械の書」、第二十四章「機械の書（続）」、第二十五章「機械（結）」、第二十六章「動物の権利についてのエレホン人予言者の見解」、第二十七章「植物の権利についてのエレホン人予言者の見解」、第二十八章「脱出」、第二十九章「結論」である。

『エレホン』は、一八六八年に植民地獲得とキリスト教宣教を目的として「エレホン」に迷い込んだイギリス人ヒッグズの目を通して見た、この地の描写と解説で構成されている。一見ばらばらに見えるテーマの寄せ集めの中に、核となっている問題を見出すとすれば、それは広い意味での倫理・宗教問題である。『エレホン』には、『ガリヴァー旅行記』に見られるような政治的関心は認められない。ヒッグズは、エレホンの現在と過去を倫理的・宗教的観点から語るのである。

最も力強く語られるのは、語り手の体験である。例えば、エレホンでは、病気の方が不道徳より罪が重いことを、彼は直ちに知ることになる。

この国では、七十歳以前に不健康に陥り、あるいは何かの異常が起き、あるいは体の具合が悪かったりした場合には、陪審員の前で裁判を受け、有罪と決まったならば、その症状に応じて公衆の侮蔑に曝され、刑罰を執行される。我々の間にある犯罪と同様に、病気には重罪から微罪に至る様々の段階がある。……しかし、手形を偽造するとか、自分の家に放火するとか、人のものを強奪するとか、その他、我国で犯罪とされることを行った場合には、病院に入れられて公費により非常に手厚い看護を受ける。

(『エレホン』七〇)

道徳的欠陥は、生前あるいは誕生後の不運の結果であると見做されるが、病気はそうとは見做されない。特に熱病、カタル、肺結核などの重い伝染病は極刑に値するとされる。さらに、あらゆる不幸、たとえば友人喪失とか破産なども、聞く者を不快にさせるが故に、社会に対する犯罪とされ処罰の対象となる。

道徳的な罪によって有罪を宣告された者は、微罪の場合は「矯正者」に矯正加療をお願いする。しかし、病気により有罪を宣告されると大きな損害が付きまとうので、エレホン人は出来るだけそれを隠蔽しようとする。主人公ヒッグズを引き取ってくれた金持ちのノスニボル氏は、横領で現在「矯正者」からパンと牛乳だけの食事と鞭打ちの加療を、家族や友人に見守られながら進んで受けているのである。一方、彼の娘ズロラの友人のマハイナは、自分の病弱を隠蔽するためにアルコール中毒という道徳的罪を犯しているように見せかけている。

語り手ヒッグズは、イギリスであったなら同情をもって扱われるはずの病気が憤慨され、重罪とされる一方、憤慨され断罪されるはずの道徳感の欠如による犯罪が同情されると指摘して、ここに倒錯があると示唆する。これは、『ガリヴァー旅行記』の第四篇「フウイヌム国渡航記」の、立派な馬と人間に似たヤフーというむさくるしい動物の描写ですでに試みられていた、ユートピア物語によく使われる技法なのである。

倒錯はさらにエレホンの裁判所の描写で追究される。語り手は、「近親喪失裁判所」に入り、裁判を傍聴する。被告は幼い子供三人とともに妻に死別された男性である。弁護士は、男性は亡妻を愛したことはなかったとか、男性は亡妻に生命保険を掛けたばかりで、かなりの額の保険金を受け取っていると述べて弁護した。しかし、有罪判決が下った。判決文は以下の通りである――被告は損害を受けた。その罪に対し自然は厳しい刑罰を与える。人間の法律はそれを強調しなくてはならない。また、肺結核で瀕死の若者の、保険金を有利な条件で手に入れるために病と偽っているという陳述に対して下された有罪判決の理由は以下のようになる——被告は不運によって病気に罹《かか》るという罪を犯したと言いたいのかもしれないが、不運であることが被告の罪である。

さすがに語り手はこれらの判決には同意できない。社会を守るために、苦しむ被告をさらに苦しめるのは如何《いかが》なものか。人は自分の不幸に責任があるのだろうか。被告が妻に死別したり、肺結核になったりしたのは偶然のなせる業ではないか。ところが、エレホンには最近そのことを熟考した不平分子が出現して、病気の原因を病人がコントロール出来ない原因に依るものとし、したがって隔離するのはよいとしても刑罰は軽くすべきであると主張している。しかし、だからといって病人から社会が恩恵を受けない法はないというわけで、監獄で手仕事などをしてもらうのがよいとも主張しているのである。

一八七一年、『エレホン』出版の前年に上梓された『人間の由来』でダーウィンは、ヒトの倫理的進化を「部族間選択」に依るとした。つまり、部族を生き残らせるために愛情、同情、共感のような種々の美徳が進化してきたと述べた。そして、これらの美徳は社会的本能であると論じた。ダーウィンはそれ以上、倫理学に踏みこんではいない。

イギリスの倫理学は従来、功利主義と直覚主義の対立の上に築かれていた。十八世紀末にジェレミー・ベンサムによって功利主義は創始され、十九世紀にはジョン・スチュアート・ミルとジェイムズ・ミル親子、レズリー・スティーヴンなどがその有力な論者であった。行為の正当性はその結果によって決まるとし、「最大多数の最大幸福」をその結果とする。一方、直覚主義は十八世紀初頭、シャフツベリ伯爵やフランシス・ハチスンが創始し、レーフ・カドワースや、サミュエル・バトラーが同姓の誼《よしみ》で興味を持ったジョゼフ・バトラーがその有力な論者であった。人間は推理無くして直覚的に正しい倫理的判断を得ることが出来る。殺人、偽証などは宗教とは無関係に本能的に悪と感じ取られると考える主義である。ところで、人間の生き方を扱う倫理学は「人間性」という概念の上に構築されるのであるが、この概念が進化論によって大きく変化したため、二つの倫理的立場の対立は激化したのである。

サミュエル・バトラーが後年「自然選択」説をめぐってダーウィンと論争した際、ラマルク流進化論者としての自分の陣営にいる者として認識したハーバート・スペンサーは、功利主義者と見做された。彼は『倫理学原理』で、社会を進歩させるが故に、利己主義を利他主義より優れたものと評価した。一方、かねてから不可知論者と自称していたT・H・ハクスレーは一八九四年、他界する一年前に『進化と倫理』を著して、宇宙の進化と倫理の進化を区別する必要を主張し、共感や同情の形で表われる倫理の進化過程が宇宙の進化を監視しなくてはならないとした。この立場は直覚主義と見做される。この二人の進化論者が各々の著書において倫理的立場を明らかにしながら対立を露《あらわ》にしたのは『エレホン』出版の十年以上後のことである。

エレホン人が、病人や不幸な目に遭った人に刑罰を与えるのを当然とし、疑ってもみないのは何故かといえば、社会の為という理由が付いているからである。これは、功利主義の枠の中で理解することが可能であろう。第十六章「アロウヘナ」で、エレホンの神々は、「動機に関しては、きわめて無関心だと考えられ、神々にとって問題になるのは、為された事柄であって動機ではない」(一二五)というのも、エレホン人の功利主義を示唆している。倫理的な汚点、たとえばノスニボル氏が犯したとされる横領などもさほど重大な犯罪とは見做されないというのも、利己主義を利他主義より優れたものと見る功利主義と相通じるものが感じられる。

しかしエレホンでは、病気や不幸に対して同情も共感もないのに、倫理的な欠陥に対しては同情され共感される。ここに描かれた倒錯に風刺があり戯画がある。功利主義的倫理に対し、その同情心の無さが揶揄されている。しかしながら、バトラーは直覚倫理説にも与していない。エレホン人は、直覚主義者が主張するように、直覚的に正しい倫理的判断に達してはいない。

裁判所で判事は、自然が罰するものを強調するのが法の役目だというのである。自然の法というのは、自然法則のことで、倫理的範疇である功利主義や直覚主義というような主義ではない。前述のように、ダーウィンは「自然選択」という概念を自説の中心に据えた。様々な個体が遺伝的な変異を持ち、その中で環境に最も適した変異を持つものが自然に選択されて生き残るというのである。その遺伝的変異は偶然に現われるのである。すなわち、運不運が先に存在する。そこに「自然」が働きかけるという構図である。[44]

その「自然」は決して慈悲深いものではない。偶然を容認し、偶然不運だったものを顧みないからである。そこでは倫理的な汚点や犯罪よりも肉体の不調のほうが問題にされる世界が仮想される。肉体は自然に属するが、倫理は自然に直結しないからである。バトラーは、倫理というものが自覚されない世界では、我々の文明社会における倫理はどのような扱いを受けるかを想像し、戯画をもって描き出す。ここで彼が想定しているのはダーウィンの「社会的本能」ではなく「動物的本能」である。

　動物的本能によって人間社会を見るとどうなるか、語り手を通してバトラーは考察する。

> 自尊心のある人なら誰でも、心情的に、出自、健康、財力、容姿、才能などの点で、自分より不幸な者と自分を同等に位置付けることはしない。幸運な者は不幸な者、より深刻なより馴染みのない不幸に遭遇したと判明した者に対し、嫌悪や憎悪をさえ感じることが本当にある。このことは、人間社会であろうと動物社会であろうと、自然であるばかりでなく、望ましいことなのだ。（七二）

私はとても自信なく書いているのであるが、不幸であるという理由で人を罰し、幸運であるということで人に報いても別に不公平とは言えないのではないかと思うのである。これは人間生活の通常の有り様ではないか。こんな扱いを受けても正しい心の人は不平を言わないであろう。（九〇）

ここでは、バトラーは倫理問題を扱ってはいるのであるが、倫理的なスタンスは取っていない。そうすることによって、当時、ヴィクトリア朝時代の倫理問題が、ダーウィン進化論の出現によって、如何に深刻な局面を露呈したかを抉り出してみせているのである。

「動物の権利」と「植物の権利」の二つの章は、ダーウィン進化論の「共通起源説」がモチーフとなっている。この二章は、人々がそれまでは当然と考えてきたことに疑いをかけ、彼らを餓死させかかったという預言者の話である。彼は、動物が人間と共通する点を多く持つという事実に着目して、同胞を食べることの罪悪を訴え、未熟で誕生したもの、不具なるもの、自殺したもの以外は食すべからずとの議論を提起した。それが、比較的教育のある階級に受容され、下の階級もそれを真似した結果、次第に法制化されるに至った。次に、哲学者が現われ、同じ論理で自然死した植物以外は食すべきではないと主張し論議を呼んだ。これらの問題は現在は常識によって克服されているという。

さらにバトラーは進化論を起爆剤とし、想像力を駆使し、第二十二、二十三、二十四の三つの章で、「機械」について論じた。この部分はエッセイ「機械のなかのダーウィン」と「酔った夜の業」として書き起こされたことは前述した。バトラーは、ペイリーの自然観を逆手に取って、機械の進化を生物の進化に当て嵌めている。[45]ダーウィン進化論の「漸進説」と「共通起源説」が、「動物の権利」と「植物の権利」の場合と同様に利用されている。機械が未来においてヒトを支配する存在として捉えられたり、道具の形で人間の動物としての機能を拡張するものとして捉えられているこの部分は、『エレホン』の白眉と言われる。[46]

機械論は、廃絶派の教授の著書の引用という設定である。約四百年前に、機械の知識は現在よりはるかに進歩しており、かつ非常な速さで進歩し続けていた。仮説学の教授のひとりが書物を著し、放置すれば、いずれ動物が植物に打ち勝ち、人間が動物に打ち勝ったように、人間は機械に支配される事態に陥るであろうと主張した。この学説には説得力があった。その結果、使用され始めてから二百七十一年に満たない新しい機械を全廃し、それ以後は改良と発明を禁止し、違反者は厳罰に処することになった。その法律に反対する反機械廃絶派が結成され、機械廃絶派と何年もに及ぶ戦争を繰り広げ、結局、廃絶派が勝利した。これを機械廃絶革命という。反対派の議論のなかで注目されたのは、〈機械は我々の手足以外の何者でもない。これに依って人間は便利を得て、行動範囲を広げ、それが無ければ不可能なことを可能にすることが出来るようになる。したがってその進化に掣肘を加えるべきではない〉というものであった。

「機械の書」はこのように始まる。

地球がどうみても動物の生命も植物の生命も生み出しそうに見えない、また最も優れた哲学者によると、地殻が徐々に冷却中の高熱の丸い球に過ぎない時期があった。いま仮にその時に人間が一人いて、他所の世界を見るように地球を見た場合には……燃え殻のようなものから意識を持つ生き物が進化してくる可能性がないと断言しなかっただろうか？　それが意識の可能性を含んでいることを否定しなかっただろうか？　しかし、時とともに意識が生まれてきたではないか。（一七五）

機械が現在、意識を持たないから将来も持たないという保証はない。食虫植物を見るがいい。無意識と見えるのに自分の利益になる行動を取るようになっているではないか。さらに生物は漸進的に進化するのに対し、機械は日進月歩である。蒸気機関が改良されても、たとえばピストンやシリンダーなどのような部品は残っていくだろうが、それは下等動物の器官がヒトの器官として残っていくのと同じである。機械は、今は人間を仲介にしてコミュニケーションを行っているが、そのうち機械同士が連絡し合うようになるかもしれない。またある能力においては機械は人間以上のものであるから、いつのまにか機械が人間の主人になっているという事態さえ起りうる。

人間はますます機械に依存するようになっている。機械に拘束されている人間の数はますます増えているではないか。改良し進化させていれば機械も人間に奉仕をするようにみせかける。しかしそれを怠ると反逆してくる。機械は自分では競争できないので、武器となって人間を使って生存闘争する。武器を改造、発明しない人間は競争に後れをとり次第に滅亡する。

機械は生殖できないから生命ある存在には成り得ないという考えは間違っている。機械が機械を造っているではないか。人間を媒介として必要としているというのなら、ミツバチを見るがよい。ミツバチはクローバーの再生産を手伝っているではないか。

ここで「機械の書」の著者は、ダーウィンの枝分かれ図を思い浮かべて、種々の機械が「共通の祖先」から進化してきたことを示す類似点を挙げ、機械を属、亜属、種、変種、小変種などに分類し、ミッシング・リンク[47]となる機械の存在も指摘する。さらに、

機械の生命と人間の生命との差異は、種類というより程度の差異である。(一九八)

と、ダーウィンが『人間の由来』で、ヒトと他の動物との差異について述べているのと同じ結論に達するのである。故に、機械の進化が進んで取返しがつかなくなる前に撤廃しなくてはならない。機械に依存する我々の文明が進歩して、機械に人間が支配される事態になってしまってからでは遅い。容易に元には戻れないだろう、と主張する。

イギリス社会における機械と人間の関係を考察する際、無視してはならないのは、「ラダイト

運動」（Luddite movement）である。これは、産業革命期に起こった手工業者たちの機械破壊運動の総称で、一八一一年に発生し、翌一八一二年に政府によって弾圧された。機械を使用する資本主義工業によって失業に直面した手工業者・マニュファクチュア労働者の資本主義への無意識的反撃の試みと見做される。さらに、十九世紀も中期になると様々な知識人たちが機械技術の支配を警告するに至った。[48] バトラーの機械論はこれらの議論を踏まえてはいるが、本質的に異なるものである。機械技術の進化を予告し危険を感じて警告を発しつつも、それがほぼ必然であり、それ無しでは文明は成立しなくなるという二律背反に、文明そのものが陥っているという事実を直視しているからである。

さて、エレホンには「音楽銀行」なるものがあって、商業に関連する普通の銀行と並存して、各々別々の貨幣を扱っている。[49] この銀行は後者と違って利子も付けなければ、配当もほとんど期待できない。しかし、尊敬されるべき人物は幾分かの預金を保有しており、それが世間に知られるように心掛けている。その建物は立派なもので大理石で出来ており、天井が非常に高く、ステンドグラスが嵌っている。その建物の描写からは教会以外のイメージが想起されないのにも拘らず「音楽銀行」には宗教色が一切ない。一度ここの出納係に就くと、他の職業からは締め出されると言われている。そのせいか皆卑屈な顔をしている。

エレホンの見える規範が「自然法」であるとすれば、見えない規範は「音楽銀行」の扱いに暗示されている。[50]教会と銀行という一見無関係の組織を関連付けているところは興味深い。銀行は顧客から金を預かって利子を付けたり貸し付けたり、株主に配当を配ったりする。見える世界である資本主義社会を運営する潤滑油のような役目を果している。教会は見えない世界を運営している。「音楽銀行」で使用されている貨幣は普通の通貨とは全く違い、その入口で出納係に小切手を渡して換金してもらう。出納係も顧客も勘定をしないで渡したり渡されたりし、その貨幣は銀行を出る時、元の金庫に返納されるのである。利子は無く、配当は、三万年に一度ボーナスという形で支払われるが、前のボーナスからまだ二千年しか経過していないので、当分支払いを期待出来ない。にも拘らず、ノスニボル夫人によると、「音楽銀行」は、普通の銀行がいつ経営破綻するかわからない危険を冒しているのに対して、きわめて安全であるという。それは「最も是認された銀行方針」(most approved banking principles)(一一三)に依っているからだという。

明らかにこれは、聖書の随所に記述されている金銭を捨てよというメッセージを示唆しているのである。たとえば、「山上の説教」でイエスはこう仰せになる。

「だれも、二人の主人に仕えることはできない。一方を憎んで他方を愛するか、一方に親しんで他方を軽んじるかどちらかである。あなたがたは、神と富とに仕えることはできない。」

(「マタイによる福音書」第六章第二四節)

イエスは言われた。「もし完全になりたいのなら、行って持ち物を売り払い、貧しい人々に施しなさい。そうすれば、天に冨を積むことになる。それからわたしに従いなさい。」……「金持が天の国に入るのは難しい。重ねて言うが、金持が神の国に入るよりも、らくだが針の穴を通る方がまだ易しい。」

（「マタイによる福音書」第一九章第二一–二四節）

金銭の欲は、すべての悪の根です。金銭を追い求めるうちに信仰から迷い出て、さまざまのひどい苦しみで突き刺された者もいます。（「テモテへの手紙　一」第六章第一〇節）

エレホンでは、金銭は義務の象徴であり、人間の欲するところを人間の為に行った記録であるから、ある程度以上の大きな財産を稼ぎ出した人は、尊敬され税金を免除される。キリスト教を宣教する目的も持ってここに入った語り手は、ついに感化され、富を持つ者が天国に入ることが難しいのなら、持たぬ者はなおさら難しいと考えるに至るのである。

しかしながらエレホンでは、立派な人物と思われたい人は皆「音楽銀行」の預金者で、この銀行の通貨を所持していることを見せたがるのである。そのような人は普通銀行にも債券を置いてある。そういう人に限って口では、普通銀行の金などに価値はないと言っている。このエレホン人のダブルスタンダードは明らかにヴィクトリア朝社会の風刺である。世界に先駆けて産業革命を成し遂げ、植民地から莫大な利益を吸い上げて繁栄したこの時代は、実はマモン神信仰の最も盛んな時代でもあった。

そして、このダブルスタンダードは、イドグラン女神信仰にも如実に顕われている。エレホン人の宗教は、正義、力、希望、畏敬、愛などの人格化された神々を信じる偶像崇拝の多神教である。しかし、そちらへの信仰にはしばしば見せびらかしが付きまとうのに対し、イドグランという女神を信仰する場合にはそれが無い。人々は幾分恥じながらも、この女神の情け深い有用性に心を捧げる用意が出来ているのである。

また、「非合理大学」はヴィクトリア朝時代のオクスフォード、ケンブリッジ両大学の風刺である。ここでの主要学問である「仮説学」は、宇宙について浅く狭い概念――それさえ知ればすべての問題に対処できるとされる――を与えることを目的とし、「仮説語」をもって研究される。この言語は死語であるにも拘らず、教授および学生に大変尊重されており、自作の詩を仮説語で書いたりする学生がいる。

すなわち「仮説学」はキリスト教神学を暗示し、「仮説語」は、ラテン語とギリシア語を指している。解決しなくてはならない問題がこの社会に山積しているというのに、何年も仮説語を学ばされるのは、大変な損失であると語り手は述べる。それも学生が自発的にそのコースを選んだというより、いわば保護者に依って選ばれ押し付けられたのだ。大学では非合理を研究するのであるが、それが日常生活の諸問題解決能力の開発という教育目標と合致しないため、首尾一貫性の欠如が起る。しかし、それを上手く切り抜ける方法を教える「回避学」の教授職が用意されているという。学生はお上品にどちらにも付かずにいる技術を学ばざるを得ない。彼らは教わる通りに考えることが求められ、独創性のある学生は「馬鹿」と言われる。

このようにバトラーは、エレホンの「倒錯」された社会にイギリスの当時の社会を重ね合わせることにより、ヴィクトリア朝社会のダブルスタンダードを焙《あぶ》り出すことができた。

前述したように、『エレホン』は、ユートピア物語、あるいはディストピア物語として着想されているのであるが、トマス・モアの『ユートピア』がその元祖である。こちらの物語は次のようなものである。ラファエル・ヒスロデイというポルトガル人が、世界の隅々までを見たいという欲望に駆られ、先祖代々受け継がれた資産をすべて兄弟に分け与えて、アメリゴ・ベスプッチ船長と航海を共にし、自分から進んで数人の仲間とともに外地に留まった。そこから、各地を経巡り、「ユートピア」に滞在し、そこの風物を見るのである。彼からそこの風物の解説を受けたモアは、財産に対する欲望のない人民の平等な共産制の社会である「ユートピア」には、我が国にはない優れた点が多々あるが、「ただ望むべくして期待できないものが沢山ある」と述べてこの物語を閉じるのである。

ラファエルは「世界を見てみたい」というルネサンス人らしい願望とともに行動し、本来のキリスト教精神が実現された社会を発見するのに対し、『エレホン』の語り手であるイギリス人ヒッグズは、植民地獲得とキリスト教の布教という二つの狙いを持って「エレホン」に侵入し、倒錯した社会を発見する。

そもそもヒッグズが生まれ故郷を離れてイギリスの植民地に来たのは、そこでは「故国におけるよりも迅速に自分の財産を殖やすことが出来る」と考えたからだという。そして、正当に得られるならば、自分ほど金銭に関心を持つ人間はいないだろうと彼は告白するのである。事実、植民地を見つけられなくても金やダイヤモンドなどを発見することが出来るかもしれないとの希望も彼が奥地に踏み込んだ動機だった。

ヒッグズがこの見聞録を出版する狙いは、エレホン人たちを往復する運搬船に寿司詰めにして運び、オーストラリアのクィーンズランドの砂糖黍栽培者に奴隷として売り渡すための会社の設立資金の募集である。そこでヒッグズは、雇い主たちが、エレホン人たちにキリスト教を教える可能性を強調している。「エレホン人たちを入手した方法についての不安感を一掃」し、「株主たちに、自分たちは魂の救済と利潤獲得を同時に行っているとの満足感を与え」なくてはならないからだという。

英国国教会牧師の息子であり、大執事の曾孫であったというヒッグズのキリスト教宣教の内容が示唆されている。彼は二十二歳の時、羊飼いとしてこの植民地で雇われの身となっていたのである。そして、「エレホン」に到達する直前に彼を見捨てて逃亡した、原住民のチョーボクという下男をキリスト教に改宗させることを試みていた。盗みや飲酒の習慣のなかなか抜けない人物であったため苦労させられたが、ヒッグスは努力した。それは彼が、不幸な人間を救うという目標ではなく、罪人を改宗させると自らの無数の罪が帳消しになるとの信仰を持っていたからである。彼は次第に、エレホン人は、あるいは「イスラエルの行方不明の十支族」ではないかと疑い、もしそれが事実であり、彼らを改宗できたら、自分は預言者の地位を得ることが出来るだろうと夢想するのである。これを風刺するためにバトラーは、第二十九章「結論」の「追記」で、ロンドンに戻ったヒッグズがこの著書の校正刷りを出版社に運ぶ途中、「イスラエルの十支族」の末裔《まつえい》という触れ込みで、チョーボクが宣教師として喝采を浴びているところに遭遇する場面を皮肉を込めて描いている。

『種の起源』出版以前から「進化論者」であったと言明した言語学者マックス・ミュラーは目的論的進化論者で、彼の作った体系は、観念論的、人種主義的な歴史観を好む一般のイギリス人たちに明確な支援を提供したとピーター・ボウラーは論じている（『進歩の発明』第二章）。ミュラーによると、ギリシア人、ローマ人、チュートン人は同一人種の枝分かれであり、彼らを含むインド・ヨーロッパ語族が、順々に行う貢献こそが神の計画だというのである。この説は、歴史を作るのは神の啓示だとする、自由主義的国教会派の信仰とうまく適合し、競争を奨励する自由放任主義的個人主義を支持した。人種間の競争は正当化され、歴史への参加者としての立場を喪失した人種は早晩、後継者に道を譲るべきだとも考えられた。

しかしながら、ミュラーにとって残念なことに、ダーウィン進化論は人間の起源の時間的スパンを大幅に拡大していたのである。インド・ヨーロッパ語族に同一の祖先が仮にいたとしても、その前に人類史において明らかにされねばならない厖大な時間が横たわっていた。さらに、もともと奴隷制度廃止論者でもあったダーウィンは「共通起源」説を提唱した。エズモンドとムーアに依ると、一八七〇年代は、人種の根本的違いとヨーロッパ人の優越性を前提とした、人文科学系進化論者タイラー（Edward B. Tylor）らの率いる人類学派と、自然科学的アプローチを守るダーウィンの弟子たちが率いる民族学派が対立していたという（『ダーウィン』五二二）。ダーウィン進化論を自分の尊敬する学説とした、『エレホン』が書かれた当時のバトラーの表明には意味がある。[51] 彼はいわば、進化論をヨーロッパ人に都合よく解釈した典型的な例として、後に「社会進化論」として世界に強い影響力を持つに至ったコンセプトをここに取り上げて風刺しているのである。

植民地を獲得し、そこから搾取する事と、キリスト教の布教が問題なく結びついているヴィクトリア朝時代のエートスは、当時の文化のあらゆるダブルスタンダードの温床であった。バトラーは、当時の倫理・宗教が陥った困難な状況を直視した上で、支配する人種とされる人種という構図を、人間対機械の支配関係に敷衍して掘り崩し、人間中心主義に対して本質的な疑問を呈示し、さらに、倫理・宗教と科学に二分化しつつある文明の運命を見据えたのである。

第四章

教養小説『肉なるものの道』

バトラーの死後出版された『肉なるものの道』は教養小説の系譜に属する。教養小説の典型は、一七九六にヨハン・ヴォルフガング・フォン・ゲーテによって発表された『ヴィルヘルム・マイスターの修行時代』とされる。この小説は一八二四年にトマス・カーライルによって英訳出版された。カーライルは、ここに性愛が豊富に描かれている点に嫌悪を感じ、主人公の「軟弱」な点に難色を示した。しかし、主人公が様々な経験を通して自己を陶冶する過程を描写するという教養小説の趣旨は、もっと古くまで遡れる。イギリス文学においては、「古い道徳的寓話の英雄、ピカレスク小説の主人公、聖杯伝説の騎士、ルネサンス人」（一三）まで遡れるとバックレーは論じている。さらに彼は、イギリスの教養小説の主人公は、ドイツの主人公ほどにはプログラム化されていないコースを辿って、ついには作者とよく似た芸術家となるため、小説に自伝的要素が色濃くなっていると指摘している（一三-一四）。

『肉なるものの道』の場合も、主人公アーネスト・ポンティフェクスの人生はバトラー自身の経験を強く反映しているといえる。この物語の中心には、イギリスの牧師家庭の欺瞞とそこからの脱却というテーマがある。そこには、バトラー自身が青年時代に直面した最も大きな問題と、彼が選択した生き方が反映されている。主人公が最後に作家となって物語が終わるのも、作者の経歴と同じである。さらに、進化論への言及が多く見られる。

『肉なるものの道』を論じて進化論に言及しない議論は少ない。主人公アーネストの成長を進化論的なものとして捉えて論じるのがこれまで一般的であった。たとえば、川本静子は、この小説の教養小説としての特質は、主人公の「自己展開の過程が、生物学的進化現象として認識されている」（『イギリス教養小説の系譜』一一七）ところにあると述べている。また、サリー・シャトルワースは、親がいつまでも子を支配するヒトの文化の有り様を、キリスト教が生物、ひいては自然を支配する文明と重ねて批判する作者の態度は、進化論からインスピレーションを得ていると指摘している。さらに、主人公アーネストからではなく、三代遡って彼の曽祖父ジョンから物語りを始めることによって作者は、生死で切り取られる個人のアイデンティティに基づく教養小説の定石を覆しているが、これは進化論から得た着想であると論じている（一六三-四）。

しかしながら、三代遡って語り始めていることが、必ずしも進化論に因《よ》るものとは言えない。たとえば、ジョン・ゴールズワージーの『フォーサイト物語』も三代に亙《わた》る物語であるが、進化論に因ってはいない。一体どのような進化論のどのような視点が、この教養小説を独創的なものに変えるのに役立っているのだろうか？　この章では、そのような問題を論じ、さらに掘り下げて、語り手オーヴァートンの機能に目配りし、進化論の呼び覚ました倫理・宗教問題が主人公であるアーネストの体験と成長にどのように関係しているかを探究する。形骸化したキリスト教から脱却する時必要となるのは新しい倫理であり、そのような倫理の発見なくして進化はありえない。それこそバトラーが、『生命と習慣』で親子の記憶の繋がりと習慣の関係を考察した際、人類が生き残るために必要とした新しい習慣だからである。

『肉なるものの道』の着想はジョン・バニヤンの『天路歴程』から引き出されているとバックレーは示唆し、前者は後者を風刺した作品であると述べている。因みに『天路歴程』は『肉なるものの道』で一回だけ言及されている。すなわち、語り手であり文筆業をしているオーヴァートンが、この寓意の大古典をクリスマス用パントマイムに仕立て、「虚栄の市」の場面をパロディにしたことがあるというのである。さらに、アーネストの草稿における名前は『天路歴程』の主人公と同じ「クリスチャン」であったこと、アーネストの父セオボルド（Theobald）は「神」を意味し、叔母アレセア（Alethea）は「真理」を意味し、母クリスチーナ（Christina）は「女キリスト教徒」を意味するので、これらの命名がキリスト教がらみの寓意的なものである事をバックレーは証拠として挙げている（一三四-五）。

『天路歴程』は夢物語である。作者の夢の中でクリスチャンと呼ばれる主人公がこの世の滅亡する運命を知り、「原罪」という重荷を背負いながら伝道者に導かれ、ついに天の都エルサレムに辿り着くという筋である。道中、彼は「困難の丘」や「懐疑の城」など様々な試練に遭遇するのであるが、「忠実者」や「待望者」などに助けられて一つひとつ克服するのである。信仰を確かなものにしようとするクリスチャンが様々な試練を乗り越える様は、アーネストが「覚醒」によって試練を克服する様とよく似ている。そこには、通常の教養小説の主人公の場合のような、体験と自覚についての世俗的で、直接的で、説明可能な関係はない。クリスチャンもアーネストもいわば「内なる声」によって目覚めるのである。

バトラーは彼の生きた時代の国教会牧師の家庭の実情を暴露し、風刺する。どのようにしてこの階層が出来上がるのかを、歴史的に語りだす。初代はジョンという温厚な大工である。二代目はチャンスを生かしてキリスト教関係の出版で名を成《な》し、財を成したジョージである。三代目がアーネストの父セオボルドである。セオボルドは次男であった。長男に出版業を継がせて、次男を牧師にするのはジョージの意思であった。セオボルドは「思《おぼ》し召し」(inward call) をどうしても感じることが出来ないといって逡巡するのであるが、ジョージは、それまで彼に掛けた教育費を仄めかすことによって、彼が聖職に就くことを強制する。その分の返済という無言の強迫を加えた事が示唆されている。

セオボルドの結婚も、いわば相手の両親によって計画されたものであった。クリスチーナの父は国教会の牧師であり、娘の結婚相手を獲得する目的で、若い独身の牧師を自分の助手として雇うことに決め、母は狙いを定めて、ケンブリッジ大学教授夫人に特別研究員の斡旋を依頼したのである。さらに、二人の娘のどちらに彼を与えるかについては、娘同士のトランプの勝負で決めるよう言い渡していたのである。

牧師として独立した後も、セオボルドは決して熱心にキリスト教を信仰した上で公務に励んだわけではなかった。かといって懐疑に苦しんだ形跡もなかった。しかし、説教は手際よく行うことが出来たし、教区民の世話も大過なくこなすに至った。

彼［セオボルド］は、乗馬もしなければ、射撃も魚釣りもクリケットもしなかった。公正に言って勉強も好きではなかった。バタスビーで勉強するどのような必要があっただろうか？　彼は古い本も新しい本も読まなかった。芸術にも科学にも興味を感じず、そのうちのどれかが自分に馴染みのない発展でも示そうものなら、直ちに背を向けた。（六七）

セオボルドは、「深刻な反抗をするには若すぎるうちに、意思の芽を摘みとれ」（五三）との方針に沿って息子のアーネストに厳しく早期教育を施《ほどこ》した。そのため、彼は十二歳の時すでに、ラテン語とギリシア語の文法書を全部暗記し、ウェルギリウスやホラチウスやギリシア劇の大部分を読破していたばかりではなく、算術やユークリッド幾何学、さらにはフランス語についてもかなりの知識を有するに至った。パブリックスクール、オクスフォード、ケンブリッジ両大学の教育が古典語中心に展開しており、これらの教科の成績如何がその後の経歴に強い影響力を持ったからである。その結果、アーネストは世間知らずで初《うぶ》な、元気のない少年になった。中位の成績で学校時代を切り抜けたアーネストは、一八五八年にケンブリッジ大学を卒業して翌年、聖職叙任を受けるのである。

彼は、ケンブリッジ大学在学中にシメオンという低教会派の極端な福音主義運動に夢中になったりしていたが、叙任後はロンドン中心部のある教区の牧師補に任命され、直ちに先輩牧師補で高教会派のプライヤーという人物に強い影響を受け、聖職者たちに多くの技術を教える施設「精神病理大学」という彼の構想に感銘する。そして、この頃第一回目の覚醒が起きる。

アーネストはロンドンの街中で、ケンブリッジ時代に彼が最も崇拝していた友人であるタウンレーと邂逅するのである。彼は、人気があり、容姿に恵まれ、スポーツマンで気立てがよく、うぬぼれがなく、才気走っておらず分別がある。加えて、両親を幼少時代に無くして、莫大な資産を意味する屋敷をすでに相続している、狭義のジェントリに属する人物である。アーネストが聖職に就いていることを服装から推察した彼は一瞬顔を曇らせた。そこで、貧しい人の方が高学歴の人より人品が良いのではないかという趣旨のことをアーネストが言い、さらに「君は貧乏人が好きではないですか？」と問うと、彼は顔をしかめて、しかし、きっぱりと「好きではないね」と答えて、そそくさと立ち去った。そこでアーネストは、無批判に他人の言うことを口真似している自分に気付くのである。

この出来事は彼自身の人生の選択に対する疑いに発展した。

タウンレーのような人々の顔は開放的で親切なものだ。ゆったりして自然であり、自分と関係を持たなくてはならない人をも出来る限りそのようにする顔である。プライヤーと彼の友人の顔はそうではない。……彼［アーネスト］はキリスト教徒ではなかったか？　然り。彼は英国国教会を当然のように信じていた。ならばタウンレーと彼が共通に持っている信念に基づいて行動しようとして、彼だけが間違っているなどということがあり得ようか？　彼はでしゃばらない静かな献身の生活を送ろうとしている一方、彼の見るところでは、タウンレーはそうではない。……彼［タウンレー］は快適な人生を送ろうとしているだけだ。そして、彼は人品卑しからぬのに、アーネストとプライヤーはそうではない。また昔の憂鬱が襲ってきた。（二五四－五）

その後アーネストは、ロンドン貧民街の貸家の住人たちにキリスト教を説いて廻っているうちに、タウンレーが売春婦と遊んでいることを知る。真似をしてみたくなり、素人の女性を売春婦と間違えて、婦女暴行未遂の嫌疑をかけられ、半年の禁錮刑を言い渡される。監獄で脳脊髄炎に罹《かか》って生死の域をさまよい、あまつさえ祖父に遺してもらった遺産を、プライヤーに投資で減らされた上、持ち逃げされる。ついに父親に、迷惑をかけない為に植民地に行くように促され、これを機会に父と義絶せよという「内なる声」(the voice within)(二九三)を聞き、教会からも遠ざかるのである。[52]

階層を滑り落ちると、途端にそれまで身につけたものは何の価値もなくなり、手に職をつけていないアーネストは職探しに苦労する。その頃、彼の実家で小間使いをしていて妊娠したため解雇されていたエレンとロンドンの路上で偶々再会、結婚して、二人で何とか古着などを商って生活出来るようになる。子供にも恵まれるが、エレンがアルコール中毒になり、さらにヒステリー症状が顕著になって結婚生活を継続するのが困難となる。その時、アーネストは、この結婚が間違いだったと気付く。これが第二の「覚醒」である。しかし、幸運にもこの頃、エレンが彼の実家の下男であった男と重婚していたことが判明する。さらに叔母アレセアから莫大な遺産を贈られ、アーネストは晴れて自由の身となり、子供たちもしかるべき人に養育してもらうべく預けて、文筆業に専念するようになるのである。

アーネストと同じように一八五八年に作者バトラーもケンブリッジ大学を卒業している。しかし、アーネストとは異なりバトラーはこの年に聖職を断念する。表面上は、幼児洗礼に疑問を感じたことを理由にしているが、より深い理由があったことは明らかである。『肉なるものの道』の本文に、キリスト教およびキリスト教会をめぐる当時の状況の説明がある。それによるとこの年は、福音主義運動もオクスフォード運動も鎮まり、一八四四年に出版されたロバート・チェインバーズの『創造の自然史の痕跡』もほとんど忘れ去られていたといわれる。教会に激震が走った一九五九年の『種の起源』に引き続き、その四か月後に出版された『論文と評論』、さらにジョン・ウィリアム・コレンゾーの『モーセの五書に関する批判』の三著作の出版を前にして、嵐の前の静けさのような雰囲気であったといわれる。この三著作のなかでも特に『種の起源』は、キリスト教の屋台骨を揺さ振ったのであるが、アーネストが聖職叙任式を終えた直後に出版されたことになっている。こうした時代背景は、この小説のテーマを鮮やかに浮彫りにしている。

『論文と評論』と『モーセの五書に関する批判』はいずれも聖書の文言に世俗的で客観的な解釈を施す聖書高等批評に属するもので、教会内部の人間すなわち聖職者によって書かれている。この影響は『肉なるものの道』の第五十九章、アーネストが、ロンドンの貧民街の貸家の住人たちのひとり、鋳掛け屋のショウを改宗させようとして、反対に、聖書の四つの福音書を混同せずに、イエス・キリスト復活の四通りの説明をしてくれと言われ、狼狽《ろうばい》する場面に見られる。『良港』においてすでに展開、結実していたこの問題を、アーネストは獄中で『新約聖書』を限なく調べることによって再考し、ついにイエス・キリストの復活信仰を失うに至るのである。

ショウは、弁護士が有罪の疑いを感じている依頼人をも弁護するのと、牧師がキリスト教を擁護するのは大同小異であるとし、下心なく虚心坦懐に聖書を読むことをアーネストに勧める。語り手は次のようなコメントを差し挟む。

アーネストは非常に驚いた。ケンブリッジの聡明な人々の誰ひとりとして、このように簡潔きわまりない返答をした者はいなかった。答えは簡単。めんどりが水かきを持っていないのと同様である。必要が無かったから進化しなかった……。(二六〇)

このような進化論からくる自然のイメージや語りはこの作品に充満している。『論文と評論』の起こした問題は、「自らの勝利によって意味を失った」(『十九世紀イギリス思想再考』一七五)と述べたバジル・ウィレーと同様にバトラーは、キリスト教会にとっては、聖書高等批評より『種の起源』こそが最も長く続く強いインパクトになることを洞察していた。その結果、『肉なるものの道』にはダーウィン進化論への言及が多く含まれることになった。たとえば、神経衰弱に罹ったアーネストの治療のために動物園に行く場面にそれが見られる。次の引用文は、共通起源説を示唆している。

おそらく医者が言っていたことのせいだと思うが、私［オーヴァートン］はかつて経験したことのない感情に確かに気付いた。この過程［大型哺乳動物を見るコース］によって新しい生命を受けた、あるいは新しい見方を引き出した。……私はアーネストがこの種の動物の前では本能的に躊躇しているのを見た。特に子象の前で、彼はそれらの生命をゴクリゴクリと飲み込んで、自分自身の生命を蘇らせていた。……それ以来私自身も、体調の悪い時はいつでも直ちにリージェント・パークに行って必ずや利益を得ている。（三五三）

『種の起源』出版当時はダーウィンには全く関心のなかったアーネストであるが、やがて彼の著書に親しみ、ダーウィン進化論を信仰箇条のひとつとして採用した。彼がダーウィンの『人間の由来』から抽出した「部族間選択」の問題は、さらに興味深い。アーネストは、「家族というのは、高度には進化していない群居動物の場合に、より論理的な一貫性をもって具体化されて残存している原理の生き残り」（一〇二）だというのである。そして、より高度な社会を形成しているとされる蟻や蜂は親を刺し殺すという例を挙げ、「自然の側には、家族制度を好ましいとするものは内在しない」（一〇二）と結論付け、自然が群居動物を扱うように人間社会の家族も扱いたいと述べる。

これは、ダーウィンが『人間の由来』で取り上げた問題点である。前述した様に、ダーウィンは、『種の起源』出版の十二年後である一八七一年に『人間の由来』を出版し、前作では論じなかった人間の進化に敷延したのであった。その中で生物界に遍く行き渡っている「自然選択」という原理を人間界に焦点を合わせて考察したのである。そこでダーウィンは新たに「性選択」と「部族間選択」という概念を提示した。「性選択」では、動物の雌がどのような基準で雄を選ぶかを考察し、「部族間選択」では、ヒトの良心や倫理は「社会的本能」であり、部族を生き残らせるために進化してきたと論じた。自然環境に適応した性質を持つ「個体」が「自然選択」によって選ばれるのであれば、その個体の性質は必ずしも雄が雌を惹きつけて再生産したり、「部族」を存続させたりするために有益な性質と合致するとは限らない。たとえば孔雀のように、雌を惹きつけるためにあの様な飾りを身につけたら、却って敵に襲われ易くなるだろうし、利己主義を身につけた個体も社会にとって有益とは限らない、とダーウィンは考えざるを得なかった。そのような理由《わけ》で、彼は、ヒトについては「自然選択説」だけを押し通すことを避けて議論を深めたのである。

バトラーが『人間の由来』から引き出した議論は、真の親子の在り方について独創的なヒントを提示している。親が子を支配するのは許容されるという考え方は「自然」に反するのである。

アーネストが、自分の子供の養育をいとも容易《たやす》く他人に委ねて平気でいられるのもここに起因する。そして、このように「自然」の視点を導入する事によって、語り手のセオボルド批判は鋭さを増していく。

主人公アーネストに対する父セオボルドの支配は、打擲《ちょうちゃく》の場面――「カム」(come)を「タム」としか発音出来ないという理由で、まだ頑是無いアーネストを手が赤くなるくらい叩く――に象徴的に描かれているが、このような抑圧は、父親自身も自分の父親ジョージから受けたものだった。ジョージがセオボルドに加えた抑圧は、財力を背景にするものであったが、はたしてセオボルドがアーネストに加えた抑圧も金の力を頼むものであった。

アーネストが叔母アレセアの遺産を遺言によって、自分を飛び越えて相続する権利を得たことを知ったセオボルドは強い不満と憤りを感じる。その彼の心中を模索し、描写することによって語り手は、キリスト教の愛の精神を守り伝えるべき聖職に在る人の心が金で占有されていると強調し、さらに彼がアーネストに抑圧と支配で当たる姿を執拗に描き出す。

教会の中にさえ嵐が吹き荒れている時代に、セオボルドは何をしていたのか? 彼が大過なくこなしていた公務とは一体何だったのか。彼の妻、すなわちアーネストの母クリスチーナから見て、一点の曇りもない完璧なキリスト教徒の鑑であったセオボルドは、実は、欺瞞そのものではなかったか。そればかりではない、家庭において「自然」に反する行為をしていたと語り手は示唆する。

語り手オーヴァートンは、セオボルドと同年輩で子供時代の友人だった。しかし、次第に疎遠になったことが暗示されている。反対に、彼のアーネストに対する愛情は深く、きわめて細やかな心配りをするのである。ひとつには、彼がセオボルドの妹アレセアを敬愛していた事が挙げられる。アーネストは、文学者や芸術家や科学者たちに尊敬を受けているという彼女のお気に入りであった。オーヴァートンは、彼女の死の床に呼ばれて、アーネストが二十八歳になったら渡すべく遺産の管理を任されていたのである。しかし、それだけではない。彼女を挟んで二人には、何か共感とでもいうべきものが存在した。ひとつは芸術への関心と理解、もうひとつは俗物を見抜く力である。彼女が甥であるアーネストを遺産の相続人と決めたのも、彼がヘンデルの音楽を好み、ラフバラ・パブリック・スクールのスキナ校長の俗物性を見抜いていることを知ったからである。

オーヴァートンは国教会牧師の息子であり、職業は明確ではないが、ロンドンで笑劇や狂想劇を書いているという。そのような人にしてはダーウィン進化論に詳しいのは、当時は、科学が文学や芸術と発表の場を共有していたからに他ならない。バックレーは、オーヴァートンは成熟したアーネストであり、前者は後者が発展して行く方向に在ると述べ、意見、態度、マナーにおいて、最終的に二人は一つになる、と論じている（一三〇）。

確かに登場人物全員の中に二人を置いてみると、著しく類似していると認めざるを得ない。しかし、タウンレーとの間に取るべき距離と、文壇での交際の仕方については、微妙な意見の相違があることも見逃してはならない。その相違は、アーネストの出獄あたりから顕著になる。たとえばその頃オーヴァートンは、アーネストとタウンレーの距離を縮めようと画策している。彼は、アーネストが二十八歳になるまでは誰にも内証にしておくようにとのアレセアの遺言を破り、彼が近々莫大な遺産を相続することをタウンレーに明かして、友人のままでいてくれるよう頼んでいる。もちろん、この秘密の暴露がなければ、友人として彼を繋ぎ止めておけないと考えてのことである。

そのようなオーヴァートンに対し、エレンと同棲生活を始め、著述業の生活を始めたばかりの頃、アーネストは次のように述べるのである。

「僕には分りました。タウンレーのような人々は知る価値のあるものを認識している唯一の人たちです。そして、もちろん僕はそうではない。しかし、タウンレーを生かすためには、木を切る者や水を汲む者が必要です。意識的な英知が、タウンレーのように、手際良く本能的にそれを適用できる人に届く前に、その英知が通過しなくてはならない人が本当に必要です。僕は木を切る人です。けれども、この立場を僕は素直に受け入れます。タウンレーのような人でなくても構いません。」(三二九-三〇)

さらに、エレンと離別して、オーヴァートンの世話で少し暮らし向きが良くなった頃、アーネストは、タウンレーとの交際を大切にするようにとのオーヴァートンの忠告に対して、彼とは出来るだけ距離を取りたいと思う理由を述べる。

「タウンレーは僕がなりたいものの全《すべ》てです。けれども、僕たちの間には連帯感がないのです。僕が彼の気に入らないことを言うと、彼は僕のことを良く思ってくれなくなるのではないかと、いつも心配せずにはいられなくなるでしょう？　僕はいろんなことを言いたいのです。」（三六一）

当然、文学に対する態度にも二人の間に食い違いがでてくる。オーヴァートンが、宗教や倫理の探究は報酬が伴わないので勧めたくない、という趣旨を述べてアーネストに忠告しても、彼は、他人が尻込みして言えないが、言うべき事を未来の読者のために書くというのである。徒党は組まず、批評家と交際せず、文壇には近づかない。宗教界にも文学界にも科学界にも敵ばかり作っているのである。

バトラーを励ましてこの小説を書くように勧めたサヴェジ嬢は、一八七三年に完成していた『肉なるものの道』の草稿を読んで、「この物語の語り手は公平な物語の記述者なのか、それとも自己弁護する人なのか？」（ケインズ　六七）と問うたといわれる。この小説は、誕生時からすでに、語り手の視点が固定されていないことが問題視されていたという興味深いエピソードである。『肉なるものの道』の語り手は、物語の周辺にいる全知・局外の語り手であるに止まらず、物語世界に登場して主人公を説得しようとしたりもする、まさに融通無碍《ゆうずうむげ》な語り手なのである。

全体の六分の一を占めている、主人公アーネスト誕生までの話は、全知・局外の語り手によって語られる。祖父ジョージの大陸旅行や、待望の男孫アーネストの洗礼に使おうと、瓶《びん》に入れて保存しておいたヨルダン川の水を貯蔵庫から出した途端、足を滑らせて転倒し、瓶を割ってしまう戯画的な場面など、オーヴァートンが目撃していない出来事も語られる。さらに、彼が差し挟む様々な議論——宗教論、科学論、芸術論、文学論、教育論等がある。また、「平穏な生活をしたいと望んでいる親たちに私は言いたい。子供たちに、お前たちは行儀が悪い、よその子と較べて悪すぎると言いなさい。知り合いの若者を完全の模範として指摘し、自分の子供たちには自分は劣っているのだという深刻な感覚を植え付けなさい」(二六)などと、読者に直接語りかけたりもする。たまに祖父を訪れるアレセアやセオボルドに会ったり、アーネストの洗礼に招かれて登場するものの、他の登場人物たちや筋に影響を与えるような動きはしない。傍観者として登場するのである。

その態度は主人公アーネストの幼年時代の物語にも持続する。この時期、語り手が登場するのは、前述の打擲に遭遇する場面だけである。その時も彼は傍観者に徹している。[53] これだけアーネストを愛し、その父を嫌い、激しい気性を語りに浸透させているようなオーヴァートンが、この様な冷酷な情景を目撃して平然として居られるのは、思えば不思議だと言えるかも知れないが、ここで彼は、ただこの情景を描写するだけで、背景に隠れてしまっているのである。オーヴァートンは、登場人物を、局外の語り手という他者の目で見ているのである。さらに、アーネストの迷いと錯誤の時代として描かれる大学入学から聖職叙任に至る時期でも同様に、作品世界に登場するか否かに拘らず、読者は彼の人生観や視点を勧められる。

ところが、主人公が監獄で「内なる声」を聞くあたりから、語り手が主人公をコントロール出来なくなるのである。つまりアーネストがオーヴァートンと同じような物の見方、考え方をしなくなるのである。それは、前述した、タウンレーと文学や文壇に対する態度に関する意見の相違に止まらない。オーヴァートンは、タウンレーにアーネストのために秘密を明かすばかりではなく、アーネストとエレンの結婚を解消させようとする。エレンがアルコール中毒であることが判明すると、彼が自分の妻であるから自分が矯正するというのにも耳を貸さず、賄賂を使ってエレンを誰か他の男と駆落ちさせることさえも考えている。このように、覚醒したアーネストに対峙する語り手は、全知・局外の立場を捨てて、一人の登場人物として、きわめて人間臭い姿を露《あらわ》にしてくるのである。

V・S・プリチェットは、『肉なるものの道』の欠点はバトラーが語りを独占していることだと断定した上で、彼と矛盾対立する原理はこの小説の中に何一つないと述べる（一一三）。しかし、語り手と主人公の間にきわめて興味深い対峙がある。この対峙はつまり、倫理的なものであることは明らかである。そこで、功利主義倫理と直覚主義倫理の対立が問題として浮上してくるのである。ヒントになるのは、第八十章で、アーネストが結婚から解放されて、オーヴァートンと大陸旅行をしている場面で後者が語る話である。オーヴァートンは、かつて膜の張っている熱いコーヒーの上に一匹の蝿が止っているのを見た。この蝿は自分が生きるか死ぬかの危険に遭遇していることを認識し、超蝿的な努力をもってコーヒー茶碗の縁めがけて突進しているのであった。そして彼は、

このように進退きわまった困難と危険の瞬間は、倫理的かつ肉体的な力の増加を蝿にもたらさないはずはなかろうと、そしてそれは子孫に何らかの形で遺伝するであろうと考えた。……見れば見るほど、人々が正しいことをする限りにおいて何故正しいことをするか、間違ったことをしてしまったあとで何故間違ったことをしてしまったか問うても仕様がないことを確信した。結果は為されたことに依存し、動機は問題にならない。（三五八-九）

その顕れはどうあろうとも、オーヴァートンの立場は獲得形質の遺伝を信じる功利主義倫理であ

る。そして、アーネストの倫理的立場は、これに対立する限りにおいて直覚的なものであると言える。「内なる声」や「覚醒」が彼を導いていることがそれを暗示している。アーネストが四十七歳になった時、両者の対立が明確になったことから、この対立は、経験を積んだ大人の監督者と未成年の被監督者の対立ではないことが明らかであろう。

このように、バトラーは、教養小説の形を借りながら、当時の倫理の大問題を抽出してみせた。功利主義者と見做されるハーバート・スペンサーは、社会を進歩させるが故に、利己主義を利他主義より優れたものとした。一方、T・H・ハクスレーは、最晩年に直覚主義に急接近し、宇宙すなわち「自然」の進化と倫理の進化を区別する必要を主張し、共感や同情の形で現れる倫理の進化過程が宇宙の進化すなわち、「自然選択」法則が支配する「自然」の世界を監視すべきであるとした。『肉なるものの道』の世界では、「功利主義倫理」の監督の下に「直覚主義倫理」が生まれ、自立しているのである。

つき詰めて考えていくうちに、神を愛する者には、あらゆることが良い方に働くということを彼「アーネスト」は思い出した。自分もまた不完全ながら神を愛そうと努めてきたのだろうかと、アーネストは自問してみた。彼はそうだとは答えきれなかったが、そう努力しようと思った。すると、ヘンデルの気高い旋律「未だぼんやりとしか分らない偉大なる神」が彼の心に聞こえてきた。彼はその音色に今ほど打たれたことはなかった。彼はキリストに対する信仰は失っていた。しかし、何かに対する信仰――未だぼんやりとしか分らないが、正しいものを正しいとし、間違ったものを間違っているとする何かがあるという信仰が日増しに強くなっていくのであった。(二九八)

タウンレーが、「気立てがよく、うぬぼれがなく、才気走っていないで分別がある」というようなジェントリの理念を満遍なく具えて、小説外の世界でも存在できそうな登場人物であるとすれば、アーネストは、直覚主義倫理を具現し、この小説世界でしか生きられない登場人物である。バトラーは、進化論時代に、混迷した倫理問題に正面から取り組むことによって、アーネストを未来に向けて創造したのである。ハクスレーが科学者の立場から自分の直覚主義を明らかにした一八九四年の十年以上も前である一八八三年に『肉なるものの道』が完成していたことを考えると、バトラーの倫理的問題意識の確かさと洞察力に疑いを容れる余地は無いのではなかろうか。

第五章

アフォリズム『ノートブックス』

作家は常に取材を怠らず、自分の技量を磨いているものである。画家が展覧会に出品するための作品を製作しつつ常にスケッチを描くように、バトラーは「ノートブック」に着想を記録し続けた。作品に使うのが主目的である。記録は当然膨大な分量となったので、一九一二年にジョーンズが編者になって纏め、定本とした。そのページ数は『肉なるものの道』よりやや多い。「箴言《しんげん》」あるいは「アフォリズム」というのがこの作品が属するジャンルである。それは、短い語句や文で簡潔に、倫理を説いたり、真実を言い当てたり、互いに関連性のない注釈や規則を羅列したものであった。前者は、キリスト教の「聖書」に、後者は古代ギリシアの医者ヒポクラテスに起源を有する。そして、次第に実用性を伴った短い散文の断片を指すようになった。このジャンルではフランスのブレーズ・パスカルの『パンセ』が傑作とされる。バトラーの作品は、このジャンルにおいてもきわめて独創的なものとなった。それは、彼が進化論と対峙したことによる。進化論は彼に、ヴィクトリア朝時代の常識に対する、鋭く批判的で新鮮な視点を提供してくれたのである。

ジョーンズは前掲書で、バトラーが残したアフォリズムを、他の作品に使われたものは原則として除外し、二十五のカテゴリーに分類している。しかし、分類基準は全く恣意的なものであり、幾つかのコンセプトは幾つかのカテゴリーにまたがっていると認めている。いずれも反骨精神に支えられた皮肉という技法により生彩を放っている。中でも注目すべきは、『エレホン』や『肉なるものの道』と同様に、ヴィクトリア朝社会の文化の矛盾を洞察している事である。自分たちの文化は根拠の確かなものではない、というのがバトラーのヴィクトリア朝文化への基本的見解である。

我々の思想には根拠が無い、あるいは、根が腐っている、ということを否定する人は少なかろう。それを学んだ人ならば。しかしそれは、財産が略奪であるのと同じ意味で腐っているのである。つまり、思想が腐っているように、財産は略奪なのである。結局のところ、財産は略奪である、と同時に略奪ではない。財産に所有権は無い。思想も（それが具現された）生きた形［作品］も没収できないことはない。

十分遠くまで調査がなされれば。我々の思想には根拠が無いと認める。しかし、地球が固定されていないと同時に確固たる基盤を有しており、最も安定して最適に運動しているのと同様の意味で、我々の思想には根拠が無いのである。……我々の思想は、我々のリアリティは、神々のように迷信に基づいている。（三一四）

書付であることを注意して読まなければならない文章である。「財産が略奪である」という言説は、当時盛んであった社会主義思想から引用されている。バトラーはこのように社会主義思想に歩み寄るように見せつつ、物的財産権つまり私有財産制度を否定するなら、知的財産権も否定されて然るべきであると茶化してみせる。しかし文明は、そんな事よりももっと重大な危機に瀕していると指摘する。ここで大きな比喩をもって、永久なる真実などは無いのだと断言する。ダーウィン進化論の衝撃が、文明の根底を揺るがしていると示唆しつつ、その衝撃の前に呆然としている自分を明らかにしているのである。

真実を探求するのは、永続する運動を求める、あるいは円を四角にするのと同じである。目的とすべきは、何かを見る最も便利な方法を見出す事である。……コペルニクスが出る前は太陽は地球の周りを廻っていた。コペルニクスの時代までは、そう考えるのが最も便利だったからである。……長期的に見て、

骨を折って為すべきことを残しておかないのならば、それは真実ではない。(三〇六)

したがって世界は信用貸《クレジット》しで運営されているのである。もし皆が現金払いを要求するなら、国際的破産が待っている。我々は主に大多数が考えるように思考するのである。皆が誰か別の人の上に立つなら、一番底の人は何の上に立つのか? 信仰に基礎はない。最終的に理性の上に乗っているからである。理性に基礎はない。信仰の上に乗っているからである。(三三四)

直感と証拠は、信仰と理性、幸運と狡知、自由意思と必然、需要と供給の関係に等しい。互いに手と手を取り合って成長するので、どちらが先とは決めかねる。生と死の関係と同じである。……汎神論と無神論の関係とも同じである。皆を愛することは誰も愛さない事である。どこにでも神がいるということは、実際上どこにも神がいないという事である。(三二一)

信仰をこのように把握したバトラーは、倫理についても同じように基礎が無いと思う。

これら[倫理の基礎]も他の基礎と同じである。あまり深く掘ると、上部構造ががらがらと崩れ落ちる。(一七)

このように考えるバトラーにとって、宗教は「微光」のようなものである。薄明りでなければ宗教的とは言えない。宗教は我々の思想の微光に属する。あらゆる種類のビジネスが十分な昼間の日光に属するように。薄暗がりで印象的となる絵画は明るい所ではそうは見えない。

（三四五）

このような昏迷状態にある文明の中で永続性のある作品を求めたバトラーは、まず世間の常識に沿った鑑識眼や評価の基準を捨て、自分自身が本心からその価値を認めることの出来る作家・作品を改めて鑑賞した。彼は『ノートブックス』の中で率直にそれを語っている。それによると、音楽ではヨハン・セバスチャン・バッハよりゲオルグ・フリードリッヒ・ヘンデルであり、美術ではラファエロよりジョットであり、文学では、ホメロス、シェイクスピア、ジョン・バニヤンである。

シェイクスピアのような不滅の人は、我々が強く意識する自分自身の不滅性については何も知らない。彼の死後何世紀も経た後、その不滅性が最高潮の時に彼はそれを知らないのだから、生存中にそれを考えもせず、死後自分が生き続けるとは思ってもみなかったという事は、彼にとって最も幸せかつ最善の

事だったといえる。(六)

そこでバトラーは、天才について考察する。

個々の[創作]の場合、どんな骨折りが存在したかについては確言できない。というのは、作者を学習成果以上に運び上げる当初の骨折り以上に、それらと上手い相互関係を持つ、もっと遠くの見えない方向に何回繰り返されたか分らない祖先の骨折りがあるからである。これが結論である。天才の神髄は、骨折りが出来る能力によるのではなく、骨折り自体の中にあり、骨折りが無ければ生まれてはこないものである。

天才はまた、他人を骨を折らずに済ませてやる至上の能力とも言える。……『ハムレット』も『イーリアス』も他人にどんなに苦労をさせずに済ませてやったか。……ニュートンは、いろんなやり方で苦労を取り除いてやっている。しかし、おそらく又新たな苦労を生み出したのだ。(一七四)

天才を論じて『生命と習慣』で論じた進化論を援用しているところにバトラーの天才論の独自性がある。習慣は先祖の行為の記憶に基づき、遺伝現象の根底となっているが、人間は進化するに従って異なる習慣を身につけることになり、それを獲得するために試行錯誤の努力が必要になるという。進化は、内側からの意志や必要の感覚によって創り出されるものだからである。

大衆の目が、まやかし芸術に容易《うま》く眩惑される事について述べる時にも、バトラーは進化論を援用する。

十分に成長した人は、鼻の穴に息が充満しているように、嘘とまやかしがギッシリ詰まっている。生殖細胞は騙されない。出来る限り真実を語る。生殖細胞は、祖先が良き意図を持っており、より誠実になろうと意図していることを知っている。

画家が良い絵を描こうとせず、大衆を騙そうとするならば、その子孫が絵画への遺伝的適性を見せることはまずあり得ず、大衆を欺く適性が進化することになる。音楽についても文学についても科学についてもその他についても同じ事が言える。大衆の側が出来ることは、遺伝的な欺かれない能力を進化させることである。(一六一)

さらに、「精霊」(Holy Ghost)に触れているところにも彼の天才論の独自性がある。彼にとって「精霊」は芸術作品の創造に不可欠なものなのである。

それ［現代の聖職売買］は、聖職禄の売買ではなく、精霊を金銭で買えると考えることである。その考えは、粗野な金持が、文学や音楽や絵画に道楽半分に手を出す時に耽《ふけ》るものである。

しかしながら、よく考えてみると、精霊は金銭無くしては、訪れてこないという事も認めざるを得ない。なぜなら、精霊とは神を恐れる事、換言すれば英知と同義語だからである。英知は金では買えないが、金が無ければなお手に入らない。金、あるいは金と同等のものは、英知の根本にあり、精霊の神髄にあまりにも多く入っているので、「金が無ければ英知もない」が、金言として通る。これがたぶん英知が、如何なるものによっても容易くは買えない理由である。つまり、英知を売る事もほとんど不可能だからである。これは市場には出せない商品である。それを受け取った人が良かれ悪しかれ承知しているように。（一七一）

キリスト教に金銭欲を戒める教えがある事はすでに述べた。バトラーは「金言」とか「黄金律」というように、金銭で買えない貴重なものを、金のイメージで解説するところに着目し、茶化しているのである。そして、実際この世では、金銭こそものを言うという事を率直に認めつつも、なお精霊は世俗の原理を超えていると示唆するのである。

さて、『ノートブックス』には、他の彼の作品には見られない特徴がある。ユートピア物語や教養小説や評論など、歴としたジャンルにおいては排除される方が適切であるが、アフォリズムとしては珠玉となっているものがある。それは、彼のきわめて個人的な秘密の部分に属するものである。

自らを「アンファン・テリブル」と称したバトラーは、イギリスの人文系文化の担い手としての役目を果してきた最後の階層であった牧師の家に生まれ、その教養を十分吸収した上で、自然科学と文学芸術が同居した最後の舞台に登場し、両分野にまたがる事の出来た、きわめて広い視野を持つ特異な作家であった。生活のために定期刊行物に載せる文章を書きながら、専門分野を限定せずに幅広く、際物ではない永続する価値を持つ作品を求めた。このスタンスが、芸術作品は一般的に、如何にして後世に残っていくかという興味深い思索に彼を導いたばかりではなく、彼に当時の文壇から一定の距離を保たせた。

『肉なるものの道』で、如何なる文壇にも属さない孤高の作家としての、主人公アーネストの立場を借りて表明されているバトラーのこのスタンスは、実は確信に裏打ちされたものではなかったことが『ノートブックス』で明らかになっている。自分は何も残せず犬死《いぬじに》する事になるかもしれないという懸念に始終さいなまれていたに違いないバトラー、自らを励ますために「ノートブック」に書き付けていたに違いない生身の人バトラーが透けて見えている。そこが面白い。

まずバトラーは、当時の二大権威である「教会」と「自然科学」の両方を同時に攻撃したことが、当時の一般読者が自分を拒否した原因であると自己分析した（『ノートブックス』一五八）。一方、死後の評価を求めざるを得ない自分を冷静に分析してみる事もした。

人は時に、自分の世代に上手く受け入れられないだけであると説明したくなる。根気強く頑張っても、喝采より非難をもって迎えられる事がある。……当然のことだ。分別のある人なら誰でも、自分が重要性を有しているので同時代人が彼の真実に苦労して到達すべきであるなどとは思わない。（一六〇）

子孫の中に生き続けようとする事は、フットライトを跳び越えてオーケストラに話しかける俳優のようなものである。（三六七）

死後の名声を欲しがる人は、自分の死後、土地の相続を限定し、金銭を出来るだけ確実に長期に亙って動かせないようにしておく人と同じである。（三六七）

物事が近くに在り、光の中に在るならば、色と形は大事である。しかし、遠くに在り、陰の中に在るならば、それらは大事ではない。色と形は名声のようなものである。暗闇に在れば、似たり寄ったりである。（一三六）

しかし、将来の評価を彼に保証すると思われる彼の作品の独自性は、進化論から導き出されると彼が考えていたことはほぼ間違いないであろう。そこを洞察した彼は、人間と自然を新たな目で捉え直したアフォリズムを多く作った。たとえば、

めんどりは卵が卵を作るひとつの方法にすぎない。(『生命と習慣』一〇九)

というのは、生物学の教科書に提供した彼の古典的アフォリズムである。さらに、

再生産の基礎は、両親の生殖への欲望ではなく、精子と卵子が抱《いだ》いている、両親の体内の環境への不満と、分離して生存したいという欲望に求められなくてはならない。(八)

人間ばかりではなく、全ての動植物の卵子と精子と胎児は、あらゆる主題についてあまり考えない。またほとんど同じようには考えない。この「ほとんど」は、リュートの裂け目のようなものであって、次第次第に、音楽に違った性質を付与するようになるであろう。(九)

人生、生きる価値ありや否やという問題は、人間の問題ではなく胎児の問題である。(九)

人間にとっての大問題である生死についても、バトラーはこの観点から新鮮な解釈を下す。

誕生と死亡は互いに機能する。一方を取り去れば、もう一方も取り去らなくてはならない。死の中に生

あり。生の中に死あり。我々は常に死につつ、再び生まれつつある。（八）

……蜜蜂が刺して死ぬように、すでに死んでいる人にとって死は死んでいる。……痛みや病は人間を痛めつける。しかし死が襲いかかるや、死も死人も痛みや病を超えていく。死はあたかも人間とともに生き返るようである。この二者は腕の届く距離にいる限り保護し合う。しかしいったん抱き合うと互いにすべては終わる。（三六二）

誰も死を免れ得るとは思っていない。したがって落胆もない。何時どのように死ぬか分らない限り、我々への影響はない。先は長くはないと知ってさえ、それほど気にはならない。時と形において死が確定された時、深刻な問題が起きる。死の痛みが見出されるのは罪の中ではなく予知の中である。そのような予知は、持てるなら持ちたいと思うだろうが、奇妙なことに、通常は差し控えられているのである。（三六〇）

しかし一方で、このような唯物的な人間の捉え方をバトラーは拒否する。

人間は、我々の知らない誰か何かによって背後から動かされている歩く道具箱であり、工場であり、仕事場であり、慈善市である。道具以上のものを目撃しないことに、あまりにも慣れてしまい、道具があまりにも円滑に働くので、ついに我々は道具を使い手と呼ぶようになってしまった。あたかも鋸《のこぎり》を大工と呼ぶように。我々が知っている唯一の使い手は我々を動かしているが、この事でさえ我々の粗雑な感覚器官によっては感知出来ないものである。

感覚は精神と物質を結ぶものである。我々は純粋な精神と純粋な物質を持つことは出来ないし、二つを混ぜ合わせることも出来ない。（八二）

人間存在への驚きに満ちた視線こそがバトラーの独創性の根源であろう。

自然という言葉は、普通に使われているので、自然の最も興味ある創造物である人間を除外してしまっている。自然は、山、川、雲、野生動物、植物を意味する時に使われる。この自然の半分に私は無関心ではない。しかし、もう一方の半分ほど私の関心を引いてはいない。（二二一）

結び

自然科学と文学とバトラー

病弱で社交を好まなかったダーウィンに代わって討論や議論を一手に引き受け、「ダーウィンのブルドッグ」と呼ばれたT・H・ハクスレーは、不可知論の基盤の上に、科学者の専門家集団を一般大衆から切り離して形成し、彼らのために資金とポストを用意する目的を持って闘った。彼が一八六四年に創設した「Xクラブ」は専門家の集りであり、このクラブは結果として、ジェントリの科学に付いて廻ったアマチュアリズムとキリスト教を払拭する役割を担ったのである。

そのハクスレーが、「科学者」(scientist)と呼ばれて憮然とし、「科学人」(a man of science)と呼んで欲しいと言ったのは有名な話である。十八世紀までは自然科学の研究者を「自然哲学者」

(natural philosopher) と呼んだ。「科学者」という呼び名が作られた契機は、ケンブリッジ大学教授ウィリアム・ヒューウェルが『クォータリ・レヴュウ』の一八三四年第五十一巻に載せた、ソマヴィル夫人 (Mrs. Somerville) の『物理科学の関係について』(*On the Connexion of the Physical Sciences*) の匿名書評であるという。その内容を要約すると——自然科学は「ローマ帝国のように」解体され細分化されている。その結果、物質世界全般を学ぶ者を指す言葉がない。「哲学者」は意味が広すぎ気品がありすぎる。「知者」(savant) はフランス語でおこがましい。アーティストに倣いサイエンティストと呼ぶのは如何かというのである。science は、「知」を意味するラテン語の scientia に由来する。ist という接尾辞は、通常 pianist、dentist、typist などのように前にその人が専門にする対象がくる。artist というのも、具体的に彫刻であるとか、作曲などを専門にする人を含意するのである。つまり、「科学者」の語感は、教養のひとつとして、自己を陶冶するために「知」を愛し求める人を想起させない。職業的なスタンスに立ち、ひたすら当該分野を専門的に研究する人を意味するのである。つまり、ジェントリという階層のバックアップのない専門家集団の誕生がこの語を創り出した。

「科学者」が市民権を得て、そう呼ばれてもプライドを傷つけられないようになる二十世紀の初頭にかけて、科学をめぐり、実は小さな革命に等しい変化がイギリス社会に起きていたと言われる。[54] 一番大きな変化は科学と技術の合体である。元来、科学と技術は別々の起源と歩みを持っていた。科学は自然の秘密を解明する発見の上に成立する。一方、技術は発明に基づく。イギリスの産業革命は発明家の苦闘の成果であった。現代では、科学によって発見された原理や法則を使った新しい技術開発が可能となってきた。国際的規模の競争に対応するため、科学が国家政策に深く組み込まれるようになった。国家は科学技術研究に予算を組み、社会が必要とする科学技術を研究させる目的で大学に理工学部が設置され、科学技術が一国の命運を握るとさえ見做される時代になったのである。[55]

ヒューウェルは、大工の子として生まれたが成績優秀により出世し、ケンブリッジ大学の鉱物学および哲学の教授となった人物であった。彼の興味の範囲は、神学から鉱物と幅広く、まさに伝統的な知識人と呼ぶべき人物で、熱心なキリスト教徒でもあったという。一方、ハクスレーは、貧乏な学校教師の家に生まれ、高等教育は独学であったが、後に専門学校の教授や「英国科学振興協会」や「王立協会」の会長を勤めるまでになった。

このような、人々の階層間の移動の激しい時代にあってバトラーは、ヒューウェルやハクスレーとは異なり、正真正銘のジェントリ出身であった。しかし、国教会牧師という経済的に恵まれない、将来性のない職種を生業とする家に生まれたのである。当然ながら、他の職業に就くための教育も受けられなかった。大学卒業後、ニュージーランドに渡って養羊業に従事したり、画家になろうとして画学校に通ったりして、自分の職業を見付ける事が出来ずに苦闘したのは、ジェントリの脱落者として当然であった。そして、最終的に文筆業を選んだのは誠に正しい選択であったと言えよう。さらに、文筆家として書く内容についても、バトラーの判断は正しかった。ダーウィンは身近にいた人物であり、彼は進化論を完全に理解することが出来たばかりではなく、ダーウィン進化論の西洋文明における重大性を見抜き、科学が「革命」を起こしつつあるという状況も洞察することが出来た。

バトラーは後年、自分を分析して、文学的には「急進的」だが、「政治的」には保守的であると認めた。その政治的保守性は、国教会牧師になるための教育を受けたことに起因する。彼は古典を徹底的に教育された。しかし、牧師の経歴を捨てさせた持ち前の反抗心が文学的には「急進的」な立場にバトラーを立たせたのである。これが文筆家としての彼のスタンスである。ハーバート・ライトマンは、バトラーを「科学の宣伝家」(popularlizer of science) と位置付けたが、少なくともバトラーが、『エレホン』と『肉なるものの道』をもって英文学史にその名を残していることは確かである。そこで、他の作家たちの科学者の扱いを調査し、バトラーの科学への態度と比較してみることにする。

ロスライン・D・ヘインズは『ファウストからストレインジラヴまで――西欧文学に現れた科学者像の歴史』で、西欧文学に現れた科学者像を次の六つのタイプに分類している。すなわち、一、錬金術師（何かに取り付かれた偏執狂科学者）二、愚かな通人（社会性のないオタク）三、冷酷無情人間（科学のためには人間関係や人間的感情を犠牲にする人）四、英雄的探検家（科学に対する楽観主義の時代にカリスマとなる人）五、無力な科学者（自分の発見が創り出したモノを制御できない人）六、理想追求型（科学に基づいたユートピアを提案するが、そのユートピアに問題がある人）。たとえば、五に分類されるメアリ・W・シェリーの『フランケンシュタイン』や、ロバート・L・スティーヴンスンの「ジキル博士とハイド氏』はどうだろうか？　死体を継《つ》ぎ接《は》ぎして人造人間を造り、愛する者を次々に殺されてしまう科学者フランケンシュタイン博士は、何一つとして冷酷な所業を行ってはいない。ただ、自分が造ったモノを制御出来なくなってしまっただけである。ジキル博士も、人間の善悪の二面を分離する薬剤を発明して服用し、自身の悪の化身であるハイド氏をコントロール出来なくなって自殺する。『エレホン』の第二十三、二十四、二十五章の「機械の書」も、機械が勝手に進化して人間が操作出来なくなるという想定のもとに語られている。しかし、ここには前述二作品にあるような科学に対する恐怖感は無い。これによって人間は便利を得て、行動範囲を広げる——もしっかり書き込まれている。これは、バトラーが、ダーウィンと進化論をめぐって議論をした経験があり、又聞《またぎき》の知識に依って科学者のイメージを作り上げなかったお陰であると思われる。

イギリスの科学者の権威ある協会は、一六六〇年に創設された「王立協会」さらに、一八三一年に時代の要求に合わせて追加設立された「英国科学振興協会」である。

十七世紀のイギリスにおいては、観察と実験が重視され、物理学、天文学、医学、および数学が目覚しく進歩した。これが「王立協会」の背景であり、ニュートンがこの時代の代表的科学者である。その科学的態度は、伝統的な形式論理と演繹法に立脚するアリストテレス主義を脅かし、ひいては国教会の権威に対する懐疑に発展すると考えられ、政治的に保守的な文人の風刺を呼び起こした。その一人、『ヒューディブラス』のサミュエル・バトラーは、風刺詩「月のなかの象」(The Elephant in the Moon) を著して「王立協会」を風刺した。同姓同名の誼《よしみ》で、『エレホン』のバトラーはこの詩人に関心を抱いていた。

さらにバトラーが強く惹かれた作家はジョナサン・スウィフトである。スウィフトの『ガリヴァー旅行記』の第三篇のラピュータ、バルニバービ両国の描写は、「王立協会」の機関紙『科学会報』に報告された研究と密接に関係することが知られている。たとえば、バルニバービの首都ラガードにあるグランド・アカデミーで行われていた、胡瓜から日光を抽出する研究は、ジョン・ヘイルズ (John Hales) の動植物の呼吸作用についての実験から取材したに違いないし、蚕の代わりに蜘蛛の巣で繊維を作る研究は、ボン氏 (Monsierur Bon) の「蜘蛛による絹糸の効用論」(A Discourse upon the Usefulness of the Silk of Spiders) から採っていることは明らかであると言われる。[56] 『書籍の戦争』(*The Battle of the Books*) を著して古代人の書物と近代人の書物の比較を行い、古代人の方が優れているとしたスウィフトの立場をバトラーは継承していると言えよう。

しかしながら、『ガリヴァー旅行記』の科学者の描写は、十九世紀の科学者像と比較すると牧歌的とも言えよう。まだ科学者が、好奇心という「知」の世界に住んでおり、科学はまだ技術と結び付いてはいなかったのである。そこにスウィフトの風刺の原点がある。

彼らの家の建て方は実にひどい。壁は傾いているし、どの部屋も垂直に建ってはいない。この欠陥は、実用幾何学を軽蔑しているために生じているのだ。彼らは、実用幾何学を下賤で職人向きのものとして軽蔑しているのだ。家を建てる際の彼らの指図はあまりに高邁なので、職人に理解出来ないのだ。したがって、次々に間違いが起きる事になる。定規とコンパスと鉛筆を使って紙の上でやることは巧みだが、日常生活の行動や振舞に関しては、こんなに不器用で、無様《ぶざま》で、下手くそな人々を見たことはない。また、数学と音楽以外の問題について、彼ら以上に理解が遅くてまごついている人々も見たことがない。

(『ガリヴァー旅行記』一九六)

しかし、科学が技術と結びつき、一度《ひとたび》、国家や企業利益の為というような大規模な功利主義の枠の中に入り込んでしまうと、そこから抜け出るのは容易ではない。また、その成果が人間や自然環境に害を与える場合も少なくない事が知られている。ますます細分化する科学が使用目的を誤ったり、知識を持たぬ人の手に渡ると危険な物になることも周知の事実なのである。

サミュエル・バトラーの仕事は、文学と科学が乖離するばかりではなく、科学と技術と社会が緊密に結びつき始めた時代に為された。進化論が、「人間性」という、文学の中に大きな位置を占めていた概念を著しく変えた結果引き起こされた、文学と科学の乖離の問題を、トマス・ヘンリィの孫であり、ダーウィン進化論を二十世紀に定着させた生物学者ジュリアン・ハクスレーは、『科学・宗教・人間性』で取り上げ、科学者が狭い専門性に捉われず、視野を広くすることによって克服すべき課題とした（七二）。この問題を引き継いだのがチャールズ・パーシイ・スノウである。彼は、『ふたつの文化』の中で、文学と科学の間のギャップの深さを強調した。その問題を継承して考察したのがジョージ・レヴァインの『ひとつの文化』である。

レヴァインはここで、表層においては相容れない二つの文化であり、ますます乖離していくように見える文学と科学を、「共同体が生み出す文化の総体」の中で繰り広げられる「言説」という観点から見ると、一つの文化として捉えることも可能になるのではないかと提案している。科学が提示する原理や法則を「真実」と見做さず「言説」と見做す理由を分析してレヴァインは次のように説明する——一、自然科学の中ではデータは理論と密接に結び付いており、理論の為に「事実」が再構築されている。二、自然科学において理論は事実の見方にすぎない。三、自然科学において事実を解説する法則は事実と事実の内在的な関係にすぎない。四、したがって自然科学の用語は比喩的なものである。五、自然科学の中では理論によって意味は決定される。――つまり科学は一種の「神話」であると結論する。もちろん科学は自然法則という「言説」を発見し、文学はテクストという「言説」を作る。二十世紀後半以降、文学研究の方法論部門を席捲している文学理論の隆盛は、文学が科学と切り離せないことを証明していると見られる。このように論じてからレヴァインは、科学と文学は、根本は同じではないかと示唆するのである。

科学が技術と結び付いて一世紀以上経過した今日、我々の経験は科学のもたらすものに対する懸念を呼び起こし、我々市民が科学に関心を持ち続けなければならないのだという自覚を促した。同時に科学者ならびに技術者には「倫理」を求めるに至った。そして、科学者の側からの権威の返上は、「ひとつの文化」への契機となるものであろう。

バトラーの文学的技法は、風刺と皮肉（アイロニー）を駆使したものであったが、これこそ、文学が科学に感じた違和感を表現するために、伝統的に開発されてきた方法に他ならない。このように異質に見えるものに働きかける事こそ、健全な「ひとつの文化」を成立させる必要条件であり、文学の存在理由のひとつであるに違いない。それを証明しているように見えるサミュエル・バトラーの仕事の全体が、私たちに示唆してくれるものは小さくはないのではなかろうか。

付論

芥川龍之介へのバトラーの影響

芥川龍之介は一八九二年に生まれ、一九二七年に三十五歳で自殺した近代日本を代表する小説家のひとりである。王朝時代、江戸時代や明治開化期に取材した短編小説に優れた作家であったが、後年になって次第に自分の実生活に取材した作品も書くようになった。その作風は、機知と諧謔が博識の支えを得て見事に開花したものである。芥川は、第一高等学校を経て、一九一六年に東京帝国文科大学英文科を優等で卒業し、その後も海軍機関学校嘱託教官として英語を教えた。これは、当時のエリートコースであり、彼は当時の最高の知識人と言ってよい人物であった。古今東西の文献を超人的な読書力と読書量で渉猟し、作品の糧にした事が知られている。したがって、芥川文学は比較文学の恰好の研究テーマになっている。ヨーロッパ文学に限っても、英文学に限らず、フランス文学やドイツ文学やロシア文学等からも、彼は熱心に学び取ろうとした。英文学は、原文で読めたので特に詳しかった。

さて、芥川は一九一〇年代というバトラーの評価が最も高かった時期に、読書三昧の多感な時代を送った。バトラーの影響を受けている事は、すでに幾つかの先行論文が指摘している。[57]顕著なのは、『ノートブックス』の『侏儒の言葉』への、『エレホン』の『河童』への影響である。芥川の両作品とも自殺直前に脱稿された。

芥川は、バトラーの各作品を換骨奪胎し、独自性の有る作品を作り上げたと言われるが、何を採り何を捨てたのか？　それは何故かなどについての分析や論及は、必ずしも十分に為されてきたとは言い難い。この付論ではまず、『侏儒の言葉』に見られる『ノートブックス』からの取材の特色を進化論との関連に目配りしつつ論じたい。さらに、『エレホン』に見られるバトラーの進化論への関心が『河童』では抑制されている事実に注目して、両作品の影響関係を論じる。加えて、この頃に脱稿された『西方の人』、『続西方の人』、『歯車』、『或阿呆の一生』などにも触れ、芥川が自殺にまで追い込まれていった背景を探ってみたい。

芥川がバトラーに関心を持っていたということは、残された資料からも明らかである。『芥川龍之介の読書遍歴――壮烈な読書のクロノロジー』に依ると、『エレホン』以外に、『オデュッセイアの女詩人』、「機械のなかのダーウィン」、『生命と習慣』、『肉なるものの道』に芥川は言及している（三〇六）。そして、一九二四年の七月から一九二五年三月にかけて彼が『現代英文学』（*The Modern Series of English Literature*）を編集した際、第五巻の序にこう書いた。

更に又翻って Butler を見れば、これは Darwin の進化論を駁するに Neo-Lamarckism の進化論を以てした、戛戛たる獨造底の思想家である。Shaw は彼の進化論を――この巻に収めた "Darwinism and Vitalism" の思想を Butler の進化論の中に發見した。即ち併せて "Darwin Among the Machines" の小論文を加へた所以である。なほ次手に附言すれば、Butler は "Life and Habit" 等進化論に関する諸著の外にも Odyssey の作者を Homer ならざる女詩人にありとした "The Authoress of the Odyssey," それから Swift の "Gulliver's Travels" の外に新機軸を出した風刺小説 "Erewhon," 最後に當代の社會の機微を穿つた小説 "The Way of All Flesh" 等の逸什を残した。しかも彼はその生前殆ど英吉利文壇の一顧さへ得ずにしまつたのである。（「自序跋」三七九－三八〇）

『侏儒の言葉』に次の文言がある。

運命

遺伝、環境、偶然、――我我の運命を司《つかさど》るものは畢竟《ひっきょう》この三者である。自ら喜ぶものは喜んでも善い。

しかし他を云々《うんぬん》するのは僭越である。

恋愛と死と

恋愛の死を想《おも》わせるのは進化論的根拠を持っているのかも知れない。蜘蛛《くも》や蜂《はち》は交尾を終ると、忽ち雄は雌の為に刺し殺されてしまうのである。わたしは伊太利《イタリイ》の旅役者の歌劇「カルメン」を演ずるのを見た時、どうもカルメンの一挙一動に蜂を感じてならなかった。

これらは、バトラーを通して進化論から取材したものであろう。芥川流に味付けされていることが認められる。しかし、「神秘主義」と題して芥川がさらにダーウィンについて述べている箇所はより注目に値する。

……古人は我々人間の先祖はアダムであると信じていた。と云う意味は創世記を信じていたと云うことである。今人《こんじん》は既に中学生さえ、猿《さる》であると信じている。と云う意味はダアウィンの著書を信じていると云うことである。つまり書物を信ずることは今人も古人も変りはない。……

これは進化論ばかりではない。地球は円いと云うことさえ、ほんとうに知っているものは少数である。大多数は何時か教えられたように、円いと一図《いちず》に信じているのに過ぎない。

この出典と思われる記述は、永久なる真実などは無いのだと断言する『ノートブックス』からの次に挙げる前掲の引用である。

真実を探求するのは、永続する運動を求める、あるいは円を四角にするのと同じである。……コペルニクスが出る前は太陽は地球の周りを廻っていた。コペルニクスの時代までは、そう考えるのが最も便利だったからである。(三〇六)

さらに次に挙げる同書からの記事も芥川の目に触れたことであろう。

自然の二重の嘘

自然が地球についてついた大嘘のひとつは、それは丸いと知りながら平らだと言ったことである。もうひとつの嘘は、太陽の周りを廻っているのは我々であるにも拘らず、太陽が我々の周りを廻っていると固執したことである。二度も嘘をつかれて、自然に対する私の信仰は取返しがつかないほど壊れている。……(三〇五)

バトラーにとって自然とは五感で把握できる以上の森羅万象を指している。そして、科学的真実と言われるものも、巨視的な観点から見ると、その時代の偏見を反映している限りにおいて宗教と似たり寄ったりであると、彼特有の皮肉と諧謔を以て示唆しているのである。そこには、自然をめぐる宗教と自然科学の深刻な対峙という背景が存在する。一方、芥川にとって真実は外国から取り入れられた書物から学び取るもので、その閾外に真実は在るかもしれないとの懐疑は持つものの、そこへ到達する方法論を持たないのである。

有名な「天才」についての芥川のアフォリズムも、前掲のバトラーのものとは似て非なるものである。

天才

天才とは僅かに我我と一歩を隔てたもののことである。同時代は常にこの一歩の千里であることを理解しない。後代は又この千里の一歩であることに盲目である。同時代はその為に天才を殺した。後代は又その為に天才の前に香を焚《た》いている。

天才を論じて進化論を援用しつつも「精霊」にまで触れたバトラーに対し、芥川の天才論は、天才の外面的描写に止まった。キリスト教のみならず自然科学をも生み出した西欧文明の基礎の無い所で、ただ知識として断片を摂取し、学び取らねばならないという近代日本の知識人の共通の運命は、芥川を考察する際に避けて通れない問題ではなかろうか。

一九二七年、芥川の自殺の約半年前に執筆された『河童』にもバトラーの『エレホン』の影響が顕著である。関口安義は、ポスト冷戦時代の今日、人間の「矛盾・不条理・束縛・妖怪・悪魔」などのテーマが新たな新鮮味を帯びるようになり、芥川の作品は国内外で再評価されつつあると指摘している。[58] また、羽鳥徹哉は、『河童』を「現代のバイブル」と呼んで、次のように総括している。

［『河童』では、］〈正義〉とか、〈人道〉とか、人間が大事そうに掲げているものは、実は人間世界に全くありはしないからこそ大事そうにされるのであるという皮肉に始まって、つまらない遺伝的素質を背負わされて生きなければならないことの悲劇……見かけは麗しい男女関係の底を貫く生物学的真実、……愚かな名誉欲を底に秘めた愚にもつかぬ書物や芸術作品と称するものの氾濫、下級労働者の犠牲の上に成り立つ社会、……際限もなしの進歩発達で怪物的様相を見せている近代産業社会と、その渦中で存在理由を失っているように見える個々の人間存在、等々が、諧謔のオブラートに包み、風刺的に描写される。（五－六）

ここに挙げられているものの幾つかは芥川がバトラーから学び取り、自家薬篭中の物としたのではなかっただろうか。

『河童』は、逆さまユートピア小説という設定ならびにその始まり方と終わり方が、『エレホン』によく似ている。『河童』は第二十三号と呼ばれる精神病の患者の語りで進められる。彼が穂高山を登山中に霧に包まれて行く手を阻まれた後、霧が晴れるに及んで河童に遭遇し、それを追いかけるうちに穴に落ち、そこが河童の国であったという所から物語は始まる。穴に落ちたら、という所が『不思議の国のアリス』を彷彿させるが、架空の国に入る直前に霧が使われている所は『エレホン』に酷似している。

さらに、『河童』の副題「どうか Kappa と発音してください」は、バトラーが初版の序文につけた「著者はエレホンが、すべて短い三音節で発音されると理解されることを望む。このように、エ・レ・ホン」を彷彿させる。もちろん「エレホン」(erewhon) が nowhere を逆さに綴って変形したアナグラムなので説明を必要としたのである。しかし当時の文壇に属する作家たちは、「河童」が「Kappa」と読まれるために説明が必要だと芥川が本気で考えていたとは思わなかった。芥川は、「気取って」、「ペダンチックに書いて居る」と受け取られたと告白し、自分が特に断わったのは地方によって色々な読み方があるからだと弁明している（「柳田国男・尾佐竹猛座談会」『文藝春秋』昭和二年七月号)。

また、『河童』の、語り手が河童の国に居るのが嫌になって日本に帰り、精神病院に入れられ、河童の見舞いを受ける件《くだり》は、『エレホン』の語り手ヒッグズがロンドンでチョーボクと遭遇するエピソードを思い出させる。さらに、河童の出産の場面——父親になる人が産婦の生殖器に口をつけ、電話でもかけるように胎児に生まれ出たいかどうか尋ね、出生するか否かは胎児の意思に任せるというエピソードは、明らかに『エレホン』第十八章「誕生式文」から取材したものであろう。

ここで、無視してならないのは「倒錯」という技法である。『エレホン』でバトラーは、病気が重罪とされ道徳感の欠如による犯罪が同情される世界を描き、そこに倒錯があると示唆した。一方、『河童』で語り手は、河童は腰の周りを蔽わないばかりでなく、人間が蔽っていることを滑稽なことと見做していることを知る。

……河童の風俗や習慣ものみこめるやうになって来ました。その中でも一番不思議だったのは河童は我々人間の真面目に思ふことを可笑しがる、同時に我々人間の可笑しがることを真面目に思ふ——かう云ふとんちんかんな習慣です。たとへば我々人間は正義とか人道とか云ふことを真面目に思ふ、しかし河童はそんなことを聞くと、腹をかかへて笑ひ出すのです。(一一〇)

バトラーは「倒錯」を駆使してヴィクトリア朝時代社会を風刺した。芥川も『河童』で、憲兵による思想統制や資本家の搾取を描いて、当時の社会を批判し風刺した。しかし、「倒錯」という技法を使いこなせなかった。『エレホン』の白眉とも言われる「機械の書」から取材されたと思われる所が一箇所、『河童』に見出される。第八章、河童の国では、平均一箇月に七、八百種の新しい機械が考案され、それによって書籍やら絵画やらが大量生産されているため、解雇される職工も四、五万匹を下らないという所である。しかし、芥川は、機械が進化して人間をコントロールする事態に至るかもしれないという想像はしない。かといって「ラダイト運動」にも向かわず、罷免された職工を殺して食べてもよいという法律である「職工屠殺法」というアイデアでブラックユーモアに近い纏め方をしている。これは、『エレホン』第二十六章「動物の権利」にヒントを得たものであろう。

　芥川の風刺の中心に有り、バトラーの風刺に無い特徴は、人間の本性に対する視点である。作者は冒頭で、この話をし終わった語り手第二十三号にこう怒鳴りつけられるのである。「出て行け！　この悪党めが！　貴様も莫迦《ばか》な、嫉妬《しっと》深い、猥褻《わいせつ》な、図々《ずうずう》しい、うぬ惚《ぼ》れきった、残酷な、虫のいい動物なんだろう。出て行け！　この悪党めが！」（一〇三）また、たとえば河童の恋愛は人間の恋愛とは違い、雌が雄を「見つけるが早いか、雄の河童を捉えるのにいかなる手段も顧みません、一番正直な雌の河童は遮二無二《しゃにむに》雄の河童を追いかけるのです。」（一一七）このように、性欲を語り、雌河童が雄河童を襲うことに言及している。このような性欲の扱いをバトラーは如何なる作品の中でも決してしなかった。これらの人間の本性への風刺を、芥川は、『ガリヴァー旅行記』から直接学んだことが指摘されている（『現代のバイブル　芥川龍之介「河童」注解』二六、六五、一一九）。

さらに、『河童』が芥川の自殺の直前に執筆された事実を考え合わせると印象的なのは、幽霊となって出没する、自殺して成仏できない河童詩人トックの霊媒者が語る内容である。なぜ出没するかの問いに、霊媒者直ちに答えて曰く、「死後の名声を知らんがためなり」。バトラーが自分の死後の未来の読者のために作品を残そうと準備していた事を恐らく察知していた芥川が、バトラーの作家としての業《ごう》とも言うべきものに圧倒されつつ、自分の中にも同じようなものを認めたであろう事は想像に難くない。

宗教についても、もちろん両作品に語られている。すなわち、エレホン人の宗教は、正義、力、希望、畏敬、愛などの人格化された神々を信じる偶像崇拝の多神教であるが、実際信仰しているのは俗物の化身イドグランを礼拝するイドグラン教であった。一方、河童の国では、キリスト教、仏教、モハメット教、ゾロアスター教などが存在しているが、「生活教」とも呼ばれる「近代教」が一番勢力があるという。これはイドグラン教に対応するものであろう。

「近代教」は、この国随一の建築である聳え立つ大寺院を所有している。そこの祭壇には、「生命の樹」が奉祀《まつ》られている。そこに金色と緑色の二種類の果実が生《な》っており、金の果実は善、緑の果実は悪を表わす。壁龕《へきがん》に収められているのは、聖徒として奉祀られたストリンドベリイ、ニーチェ、トルストイ、国木田独歩、ワグナーらの半身像である。そして、その教えは、「食えよ、交合せよ、旺盛に生きよ」という事である。国木田以外はすべて、ほぼダーウィンと同時代の人物であり、芥川が作家として師事し、取材した芸術家でもあるところから、芥川の精神を構成しているのは、近代ヨーロッパの、特に十九世紀末の知性である事がうかがえる。

この時代の知性の中心にある進化論の背景に、ヨーロッパ社会においてこの学説と対立し対峙した勢力として、キリスト教が在ることを芥川は十分に想定できた。幼年期にすでにキリスト教に接する機会を持った彼が第一高等学校に入学した時の校長は、キリスト教徒である新渡戸稲造であり、この人物を主人公にして、芥川は『手巾《ハンケチ》』という短編小説を著し、日本の倫理とキリスト教道徳の比較を試みている。初期においては慰安や取材が目的であったキリスト教への彼のアプローチも、最晩年には救いを求めての急接近に変貌した。それは、作品『西方の人』や『続西方の人』に明らかである。『西方の人』は、次の文章で始まる。

わたしは彼是十年ばかり前に芸術的にクリスト教を――殊にカトリック教を愛してゐた。……かう云うわたしは北原白秋氏や木下杢太郎の播《ま》いた種をせっせと拾ってゐた鴉《からす》に過ぎない。それから又何年か前にはクリスト教の為に殉じたクリスト教徒たちに或興味を感じてゐた。……わたしはやっとこの頃になって四人の伝記作者のわたしたちに伝へたクリストと云う人を愛し出した。クリストは今日のわたしには行路《かうろ》の人のように見ることは出来ない。(二四六)

形骸化したキリスト教会とヴィクトリア朝の社会に対するバトラーの風刺は自然に湧き上がり、ダーウィン進化論を起爆剤にして爆発している。一方、芥川の風刺は尻すぼみのように終息して、むしろ自分自身に向かってシニシズムとなった。バトラーが進化論を学び取ってから、キリスト教を脱却した後、それを再発見したのに対し、芥川は進化論を学んだ後で、キリスト教に接近した。両者の展開は逆方向を向いているのであるが、最後に到達した地点は不思議に近接している。つまり、『西方の人』で芥川が取った立場は、バトラーが『良港』で示した立場とよく似ている。すなわち、イエスを神の子としてではなく実在した有徳の人物として捉える合理主義的解釈にも、神話として聖書を解釈する派にも芥川は与しなかった。そして、イエスの復活を理解する鍵として、次のように、パウロの「啓示」を示唆している。

ルナンはクリストの復活を見たのをマグダレナのマリアの想像力の為にした。想像力の為に、——しかし、彼女の想像力に飛躍を与へたものはクリストである。彼女の子供を失つた母は度たび彼の復活を

——彼の何かに生まれ変わつたのを見てゐる。……けれどもクリストはマリアの外にも死後の彼自身を示してゐる。この事実はクリストを愛した人々のどの位多かつたかを現すものであらう。彼は三日の後に復活した。が、肉体を失った彼の世界中を動かすには更に長い年月を必要とした。その為に最も力のあったのはクリストの天才を全身に感じたジャアナリストのパウロである。(『西方の人』二七〇-一)

自殺を目前にして書かれた作品には、『西方の人』、『続西方の人』、『河童』、『侏儒の言葉』、『続侏儒の言葉』以外に、『歯車』、『或阿呆の一生』などがあるが、『歯車』に繰り返し示唆されるのは作者の罪の意識である。『歯車』の原題は「ソドムの夜」であったという。住民の悪徳のために神によって滅ぼされたのが旧約聖書に現れるソドムの町である。作者を彷彿させる主人公「僕」は、救いの無い闇の世界を彷徨する。

僕はあらゆる罪悪を犯してゐることを信じてゐた。……「僕は芸術的良心を始め、どう云ふ良心も持つてゐない。……」(『歯車』五二一-三)

僕はこの本屋の店を後ろに人ごみの中を歩いて行った。いつか曲り出した僕の背中に絶えず僕をつけ狙つてゐる復讐の神を感じながら。(五七)

なぜ僕の母は発狂したか？　なぜ僕の父の事業は失敗したか？　なぜ又僕は罰せられたか？（七〇）本は「罪と罰」に違ひなかつた。……綴じ違へた頁を開いたことに運命の指の動いてゐるのを感じ、やむを得ずそこを読んでいつた。（七七）

敏感な倫理感を持つ人のみが感じることのできる「罪」の意識を書き付けながら、芥川は一歩一歩キリスト教に接近しているのである。この罪の意識の源泉として関口安義は、芥川の不倫の相手であった秀しげ子との関わりを指摘している（『この人を見よ』一七二）。しかし、自殺に導かれていく芥川の目に映った地獄の風景をこれだけで説明しきるのは難しい。秀しげ子を「狂人の娘」と呼ぶ芥川は、『或阿呆の一生』で彼女のことをこのように解説した。

彼はもうこの狂人の娘に、――動物的本能ばかり強い彼女に或憎悪を感じてゐた。……何か急に彼女の夫を――彼女の心を捉えてゐない彼女の夫を軽蔑し出した。（四九）

これは、彼女との不倫に罪悪感を抱く心境に直結するものだろうか。芥川が清教徒風の厳格な性の捉え方をしていたという証拠はない。

この問題を解く鍵は、イカロスになぞらえた作者自身の解説にある。

……ヴォルテエルはかう云う彼に人工の翼を供給した。

彼はこの人工の翼をひろげ、易やすと空へ舞ひ上がつた。同時に又理知の光を浴びた人生の歓びや悲しみは彼の目の下へ沈んで行つた。彼は見すぼらしい町々の上へ反語や微笑を落しながら、遮るもののない空中をまつ直に太陽に登つて行つた。丁度かう云う人工の翼を太陽の光りに焼かれた為にとうとう海に落ちて死んだ昔の希臘人も忘れたやうに。(『或阿呆の一生』四八)

このモチーフは『歯車』でも繰り返される(七四)。そして『或阿呆の一生』の冒頭にある、丸善の二階から「見すぼらしい」店員や客を見下ろしている彼自身のイメージに変換する。これこそが芥川の作家としての脅迫観念だったのではなかろうか。すれ違った会社員の発した「イラ々々してね」という言葉から、tantalizing、Tantalus、Inferno と次々に連想していく自分自身の思考回路を彼は呪うのである。

あらゆるものの嘘であることを感じ出した。政治、実業、芸術、科学、——いづれも皆かう云ふ僕にはこの恐しい人生を隠した雑色のエナメルに外ならなかった。(『歯車』五五)

壮烈な読書力と読書量で西洋文化をいち早く取り入れ、多くの優れた作品を著し、若くして文壇の寵児ともてはやされた揚句、薬を飲んで自殺した芥川の枕元に置いてあったのはキリスト教の聖書であったという。西洋の文化・文学という日本文化とは本来異質なものを優れたものとして摂取しながらも、独自性を発揮しなくてはならない、という明治以来の日本文学が背負ってきた宿命がある。その重荷を彼は背負いきれなかった。そして、芥川が破滅に導かれたのは、西欧文化に人一倍明るかったからに他ならない。

バトラーと芥川の、無視してはならない大きな違いは、バトラーが生前ほとんど評価されずに、未来の読者を相手とせざるを得なかったのに対し、芥川は文壇の寵児だった事である。因みに「侏儒の言葉」は、書かれた側《そば》から創刊されたばかりの『文藝春秋』の巻頭を飾った。バトラーについて、「その生前殆ど英吉利文壇の一顧さえ得ずにしまったのである」と解説した芥川が、彼に対し、さらに自ら学び参照した多くの西欧の作家たちに対し、罪悪感のようなものを抱いていたと推測する事も出来るであろう。書物から得られる観念の世界に飛翔しながら、実人生においてその観念を実行する途《みち》を選ばなかったからである。彼は、白樺派にも自然主義派にも社会主義派にも同調しなかった。西欧文化を学び取るという誠に孤独な道を一人でひたすら歩みつつ、西欧文化に復讐されるという矛盾に陥っている自分を意識出来なかったはずはないのではなかろうか。

彼がキリスト教に向かった動機は二つあると推測される。一つは、前述の「近代教」の聖人たちの教養の最も奥に在るものを知ろうとする知識欲であろう。芥川が、バトラーのように大学を風刺しなかったのは示唆的である。当時西欧の知識の通過点として欠くべからざる位置に在った大学は、彼の風刺の対象には成り得なかったのである。もう一つは、自分の罪を浄化したいという欲求だったのではなかろうか。

芥川は、自殺の理由を、「唯ぼんやりした不安」と久米正雄に託した遺書『或旧友へ送る手記』に記した。どのような不安なのだろうか。自殺した義兄の借金問題や健康問題、すなわち実人生における不安の他に、前述した日本文学の宿命をどこまで背負い切れるのかという不安があったのではなかろうか。

註

序論

1『ビーグル号航海記』の売れ行きに気をよくしたマレー社が『種の起源』の出版を引き受けたのであったが、当社は科学に興味を持つ中産階級の人々を読者に急成長を遂げていたのであった。

2 Frederic Churchill, "Darwin and the Historian"を参照。ダーウィンの自然選択説が脚光を浴びて、資料が大量に出版されるようになった。チャーチルはここで、科学者が歴史家に「道具」を与えたと述べている（六七）。

3 *Collected Essays*, Vol. 1, 320.

4 "The Legacy of Samuel Butler": 955-6.

5 そのような観点から『肉なるものの道』を論じた論文として Carl Dawson, "Strange Metamorphoses: Samuel Butler's *Unconscious Memory* and *The Way of All Flesh*" がある。

6当時、女性家庭教師は知的な女性の職業であったが、裕福な家庭の子女は決して家庭教師にはならなかった。

7バトラーには、ダーウィンのように自伝を点検してくれる家族もいなかった。六男四女に恵まれ、エマ夫人を自伝の中で、「どの点をとってみても道徳的に私よりはるかに優れた彼女が、私の妻になることに同意してくれたのは、何という幸運であったろうか」（八〇）と賛美したダーウィンの人生と好対照をなすバトラーの人生は、家族という防波堤に守られることもなかった。あれほど後世のために作品の整理に執念を燃やしたバトラーが、自伝を残さなかったのは不可解といえば言える。風刺作家に自身は描けないのだろう。これは、彼の決断として重く受け止めるべきことに違いない。ジョーンズも、彼の入手した資料である書簡を繋げてバトラーの人生を描いているわけで、全く悪意はなく、不公正ではないのである。

8「あらゆる人の作品は、文学でも音楽でも絵画でも彫刻でも、すべて自画像である。隠そうとすればするほど、作者の性質が顕われ出る。」（『肉なるものの道』六二）。また、『ノートブックス』で、ビュフォンの**“Le style c'est l'homme.”**（スタイルはその人なり）に同感している（一〇三-四）。これは、逆手に取られた可能性がある。彼は、特定の芸術分野に専門を限定しなかった自分の信念を確認し、幅広い作品の全体を統一する原理として自分自身という人間を認識しているのである。

9「自然選択概念の変遷」『現代進化論の展開』、『科学』編集部編、一五-二〇。

10 Weismann, *Essays upon Heredity and Kindred Biological Problems* を参照。

11 DNAとは、デオキシリボ核酸のこと。細胞の核の中に在る染色体中に含まれている遺伝物質である。相補的な二本が対になって二重螺旋構造を構成している。

12その中で有名なのは、「断続平衡説」と「中立説」である。前者は、漸進説に対するもので次のように説明される——進化は地質学的な、長大な時間の尺度で見ると、ある時期には急速に起きて新種を形成する一方、その後、平衡に達したかのように停滞する。S・J・グールドが提唱した。後者は、自然選択説に対するもので次のように説明される——分子レベルで起きる突然変異の大部分は、個体にとって有利でも不利でもなく中立であるため、自然選択に掛かり難い。木村資生が提唱した。

13エドマンド・ゴスの『諸相と印象』のバトラー論は、明らかにジョーンズが書いた伝記に触れて、人物論からバトラーの作品を批判している。

第一章

14ダーウィンの自伝には、一八八七年に三男のフランシス・ダーウィンが編者になって上梓された『チャールズ・ダーウィンの生涯と手紙』がある。父親が生前に書き遺した原稿から物議をかもしそうな部分を省いたと断わっている。このため、バトラーとダーウィンとの葛藤については、バーロウが改めて詳しく取り上げる事になったのである。

15この本は現在、ダウンのダーウィン邸の客間の書棚に展示されている。

16 *Nature*, 23, 1881, 285–287.

17 *Nature*, 23, 1881, 335–336.

18 Eve-Marie Engels & Thomas F. Glick, eds., *The Reception of Charles Darwin in Europe* を参照。

19松永俊男『ダーウィン前夜の進化論争』を参照。

20 "Evolution before Darwin; Darwin through contemporary eyes," *Darwin and Butler* を参照。

21正式には、The Lunar Society of Birmingham という。一七六五年に設立された。月一回、満月に近い月曜日の午後に集会を開いた為にこの名称が決められた。閉会後、安全に家に帰れるようにとの配慮であった。

22筆者はこれをダウンのダーウィン邸で見た。出版するつもりで記録していたであろう事は直ぐ推察された。

23ダーウィンのダウンの家は大きく立派なものであるが、狭義のジェントリの館であるマナーハウスではない。贅沢を排した、堅実な生き様が分るような家である。因みに、実験室（温室）とキッチンガーデンは居間から見えない庭の奥の方に造られていたのが印象的だった。

24ライトマンは、ハーバート・スペンサーとグラント・アレンもその仲間に入れている。*Victorian Popularizers of Science* を参照。

25筆者はケンブリッジ大学図書館で、ダーウィンのエマ夫人が、夫チャールズの逝去に際し、まずT・H・ハクスレーにそれを手紙で通知するようにと指示する内容の、息子フランシスに宛てた手紙と、その旨書かれたハクスレー宛のフランシスの手紙を閲覧した。彼の字が大学生によくある丸い字であるのが印象的だった。

26九人の科学者により発足し、一八九三年にメンバーの高齢化により自然消滅した。月一回会合が持たれた。他にジョセフ・ダルトン・フッカーやハーバート・スペンサー、ジョン・ラボックらがメンバーであった。

27バトラーから妹メアリ宛の一八八三年三月二九日付の書簡にこうある。「トウザー主教の『アルプスと聖域』への好意的な意見について教えてくれて有難う。僕が恐れるのは主教や大主教ではない。ハクスレーやチンダルのような人が僕の天敵です。……」（『サミュエル・バトラー――回想』第一巻　三八五）

28マイヴァートはすでに『種の誕生』で、ダーウィンは決して進化論を最初に唱えた人ではないと指摘していた。ダーウィンは、初版では、進化論を唱えた先人たちに言及することはなかった。知らなかったわけではない。ラマルクを読んだかどうかは怪しいとはいえ、その進化論者としての大きな存在は知っていたはずである。なぜならば、ダーウィンが『種の起源』に時間的視野の拡大をもたらしてくれた著書として、感謝とともに言及しているチャールズ・ライエルの名著『地質学原理』の第二巻の第一章で、ラマルクの進化論は紹介され、厳しく批判されていたからである。一方、この批判の理由《ゆえ》にダーウィンがラマルクを軽視したという推論も成り立つであろう。

29「ダーウィン氏は、宗教も詩も自分にとっては必要ない、科学と家庭の愛情さえあれば十分だ、と友人に言ったそうである。」（『イギリスとアメリカの俗物根性』六五）これは「文学と科学」というエッセイのなかで、マシュー・アーノルドがT・H・ハクスレーを激しく批判している文脈で発言された。拙書『進化論の文学――ハーディとダーウィン』七二を参照。

第二章

30この文学環境地図の出所は、ホルブルック・ジャクスン著『一八九〇年代――十九世紀末の芸術と思想』（Holbrook Jackson, *The 1890s*）である。

31 Lightman, *Victorian Popularizers of Science* を参照。

32ダーウィンがマルクスの『資本論』を献辞とともに贈られて、全く興味を示さなかった事実は、この事を示唆している。

33この系譜には、『エレホン』よりもう少し時代が下って、ウィリアム・モリスの『ユートピア便り』William Morris, *News from Nowhere*（1891）がある。モリスも十九世紀末にあって、マルクス主義に助けられながら、理想郷を描いたのである。

34聖書批評には、高等批評（higher criticism）と下等批評（lower Criticism）があった。前者は、聖書の文言に世俗的・客観的な解釈を施し、後者は、原文の復元を目指した。シュトラウスのこの仕事は前者の一環として為された。ヘーゲルの死後、弟子たちが右派、左派、中間派と分裂した。右派は宗教的には正統派、左派は無神論派。シュトラウスは左派である。聖書高等批評のイギリスでの成果は、『論文と評論』である。七名の執筆者のうち六名は、広教会派の聖職者たちであった。

35 十九世紀のイギリスのキリスト教会の特徴はそのセクト性である。中心に国教会があり、その周囲にカトリック、メソディズムなど非国教会派があったが、国教会の中にも、高教会派というカトリックに近い、儀式と教義に厳格な派と、聖書の言葉に忠実たらんとする低教会派と、世俗化する文化と折り合いをつけようとする広教会派があった。博物学の庇護者をもって任じたのは広教会派である。

36 Lightman, "'A Conspiracy of One': Butler, Natural Theology, and Victorian Popularization," *Samuel Butler, Victorian Against the Grain*, ed., James Paradis: 113–142.

37「私の読者数は減少する傾向があった。それは、私が長いことボイコットされていたからだと思う。」(『ノートブックス』三七六)「最初から最後まで私は著書の中では正統派ではなく、好戦的であった。最初の二作品［『エレホン』と『良港』］で聖職者を敵にした。進化論に関する著書ではダーウィン主義者を、彼らを通して科学者たちを敵に廻した。科学者は、聖職者より、怒りが激しかった。」(『ノートブックス』三八一)

38 ホイッスラーはアメリカ人。一八七七年に『ノクターン』(*Nocturne*)という印象派風の作品を出品して、ラスキンに酷評され、一八七八年に名誉毀損で提訴した。色彩と形で自律した画面を作っていくところは印象派風であるが、光の色彩への影響への関心がフランス印象派の、たとえばスーラなどと較べると弱く、形もセザンヌと較べると写実的である。

39 ジェイムズ・ジョイスの『ユリシーズ』は、『オデュッセイア』から教訓的要素を払拭した話である。十八ある挿話がそれぞれ、ホメロスの『オデュッセイア』十八章とほぼ対応し、登場人物も対応関係にある。ジョイスがバトラーのこの仕事から影響を受けているとエリナ・シャファーは論じている。Elinor Shaffer, *Erewhons of*

the Eye: 171.

40オスカー・ワイルドは、少年俳優を想定して『W・H氏の肖像』を書いた。Oscar Wilde, *The Portrait of Mr. W. H.* (1889) を参照。

41プラトンの『饗宴』が示す通り、ギリシア人男性の恋愛対象はまず少年であった。しかし、キリスト教ではホモセクシュアルは禁じられていた。進化論も同性愛は正統な愛とは認めない。生殖に結び付かないからである。

42 Edward Dowden, *Shakespeare, His Mind and Art* (1875) を参照。

43「……文字の中で誤っていても、良き協議が為されれば精神において十分に真実になりうる。」(『エレホン再訪』二二八)

第三章

44選択する主体である「自然」は擬人的な扱いがされているとロバート・ヤングが論じている。Young, *Darwin's Metaphor* を参照。

45エレホン人に時計を取り上げられた時、ヒッグズは自然神学者ウィリアム・ペイリーのことを思い出す。ペイリーは、時計にデザイナーが存るがごとく宇宙にも考案者としての神が存るはずだとし、神の仕事を自然の中に見出すことを説いたのである。また彼が、最後にアロウヘナを伴っての脱出を急いだのも、禁止されている時計の所有を理由として起訴されそうになったからである。バジル・ウィレーは、「機械の書」をダーウィンの「自然選択」説の機械論に対するバトラーの批判と皮肉と受け取っているが、必ずしもそうではないだろう。ペイリーの自然観への揶揄も感じられる。

46横山輝雄『生物学の歴史』で著者はバトラーの「機械論」の意味を高く評価し、「めんどりは卵が卵を作るひとつの方法にすぎない」を挙げて、「科学を文学がある意味で先取りしている」と述べている。

47『種の起源』は、「最初一つか少数のもの」から多様な種が枝分かれ式に生じたと論じた。ところが、地層から絶滅種は発掘されていたが、ヒトと類人猿の中間種の化石は発見されていなかった。これを「ミッシング・リンク」という。

48その代表格はトマス・カーライルである。Carlyle, "Signs of the Times," *A Carlyle Reader*, ed. Tennyson を参照。

49バトラーは、「音楽銀行」に因《ちな》んで自分の宗教観を述べている。


「……二重の商業システムについて言えば、すべての国はこの世の法と、もうひとつ別の法を持っているし、持ってきた。二つ目の法は一つ目の法より神聖であると公認されているのであるが、日常生活や日常行為に対して影響が小さい。この世の法の上を行き、それと葛藤する法の必要性は、人間の本性の奥深くにある何かから湧き上がってくるようだ。この世は、その中に居ると大きく出現してくるが、そこから離れると小さく見えるという知覚の進化なくしては人間たり得るのは難しい。……

この自然の永久なる存在と非存在の中で、この世とその中にある人間を含めたすべてのものは、見ることが出来ると同時に、出来ないという事を知覚するようになった時、人間は人生の規範を二つ必要とする。見える規範と見えない規範である。……そして、見えない力を神と名付ける。」(『エレホン』一一八-九)
50語り手は、「音楽銀行」の長所は、あの世の王国が存在することを保証して、その王国を人間の目から隠しているヴェールを破ろうとしない所だという。見えない王国の存在を否定するのは悪いが、存在以上のことを知っている振りをするのも悪いと言うのである。したがってエレホン人は、人間の死んだ後についての信仰を持たない。エレホン人は生まれる前の人間の姿には強く関心を持って神話を作り上げたが、死んだ後に何が来るかについては全く想像力を持たないのである。

生まれる前の人間は「未誕生児」と呼ばれ、独自の世界に住んでいる。そして、自殺によってその世界を去って人間世界に出てくるのである。その際は「宣誓供述書」に署名して、最寄りの町の治安判事の許可を得なくてはならない。如何なる両親に如何なる体で如何なる性質に生まれつくかは選択できない。この世は辛いところであるから、分別のある「未誕生児」は生まれ出たいとは望まない。引き受けるカップルにとってもいい迷惑である。したがって、そのカップルは赤ん坊が生まれる前に「誕生式文」なるものを用意する。そこには、不心得のため厚かましくもこの世に生まれ出るに当たり、平身低頭お許しを請うというような事が書いてある。呼ばれた代理人が赤ん坊の代りにそこにサインをするのである。

語り手は、親子の仲が好いのは稀である事と、病人に罰を下すエレホンの法の苛酷さは、「未誕生児」の分別のない厚かましさに由来するのではないかと考察するのである。しかし、エレホン人は死を病気ほど嫌悪をもって見ないのである。人はいつかは死ぬと知っても、その瞬間を知らない限り、別に惨めな思いはしないという。ここにキリスト教への皮肉が隠されている。彼らの関心の方向は進化論のそれと同じである。しかし、未誕生児が親をアトランダムに割り当てられるという所は、進化論の主要な論点である遺伝の否定に繋がる。

51バトラーは、一八七二年六月に書かれた第二版の序文で、機械を論じた章が、ダーウィン進化論の風刺と受け取られた事を遺憾とすると述べ、ダーウィン進化論が自分が尊敬する学説である事を表明している。

第四章

52アーネストの父親との義絶が教会との義絶と同時に起きたのは偶然に見えるが、語り手はそこに関連があると示唆する。新約聖書には金銭を捨てよというメッセージ、旧約聖書にもモーセの十戒の〈父母を敬え〉という戒めがある。教会の教義問答は、親の立場から書かれており、子供の意見を聞く手間を省いている。清教主義がこの傾向を助長したと語り手は論じている（第五章）。つまり父権は教会権力と重なっており、語り手は、教会がセオボルドを「自然」から遠ざけるのに一役買っていると示唆している。
53厳密に言うと、主人公の打擲《ちょうちゃく》を語り手は目撃していない。彼の叫び声を聞き、父親の赤くなった手を目撃するだけである。しかし、そこに至るまでの、父親が息子を追及する場面の描写は細かい。

結び

54村上陽一郎『文明のなかの科学』二〇。
55日本の科学研究はここから始まった。つまり、前段階がなかった。
56 Majorie H. Nicolson and Nora Mohler, "Scientific Background of Swift's Voyage to Laputa," *Science and Imagination* を参照。

付論

57中村真一郎『龍之介と西洋文学』（読売新聞社、一九六九）、石井康一「芥川の『河童』に見るサミュエル・バトラー」（福岡大学人文論叢、一九八〇）、山田章則『マイドー　倫敦』（熊本日日新聞情報文化センター、二〇〇四）、柴田多賀治『芥川龍之介と英文学』（八潮出版社、一九九三）を参照。
58関口安義　『世界文学としての芥川龍之介』一一。

引用・参考文献

＊洋書と和書の両方ある文献は、特に断わらないかぎり英文の原書を用いた。

Ⅰ　版本（バトラー）
Ⅱ　版本（バトラー以外）
Ⅲ　研究書（バトラーの伝記、研究書、批評、論文など）
Ⅳ　その他（進化論関係）
Ⅴ　その他（思想、宗教、歴史、社会、文学的背景など）

Ⅰ　版本（バトラー）

The Shrewsbury Edition of the Works of Samuel Butler. Ed. Henry Festing Jones and A.T. Bartholomew. New York: AMS Press, 1923. Vol. 1. *A First Year in Canterbury Settlement and Other Early Essays*. Vol. 2. *Erewhon, or Over the Range*. Vol. 3. *The Fair Haven*. Vol. 4. *Life and Habit*. Vol. 5. *Evolution Old and New*. Vol. 6. *Unconscious Memory*. Vol. 7 *Alps and Sanctuaries*. Vol. 8. *Luck or Cunning*. Vol. 9. *Ex Voto*. Vols. 10 and 11. *The Life and Letters of Dr. Samuel Butler*. Vol. 12. *The Authoress of the Odyssey*. Vol. 13. *The Iliad of Homer Rendered into English Prose*. Vol. 14. *Shakespeare's Sonnets*. Vol. 15. *The Odyssey Rendered into

English Prose. Vol. 16. *Erewhon Revisited*. Vol. 17. *The Way of All Flesh*. Vols. 18 and 19. *Collected Essays*. Vol. 20. *The Note-Books of Samuel Butler*.

『エレホン　山脈を越えて』山本政喜訳（岩波書店、一九三五）。

『エレホン　倒錯したユートピア』石原文雄訳（音羽書房、一九七九）。

『概説　オデュセイアの著者は女なり』富川昭義訳（信山社出版、一九九九）。

『万人の道』今西基茂訳（岩波書店、一九五五）。

『凡人の道』石原文夫訳（西武読売開発出版部、一九八六）。

II　版本（バトラー以外）

Bunyan, John. *The Pilgrim's Progress from This World to That Which is to Come*. Ed. J. D. Watson. London: G. Routledge, 1864. バニヤン著作集II『天路歴程』高村新一訳（山本書店、一九六九）。
More, Thomas. *Utopia*. Ed. George M. Logan and Robert M. Adams. Cambridge: Cambridge UP, 1989. 平井正穂訳『ユートピア』（岩波書店、一九五七）。
Swift, Jonathan. *Gulliver's Travels*. 1726. Oxford: Oxford UP, 1966. 平井正穂訳『ガリヴァー旅行記』（岩波書店、一九八〇）。
The Revised English Bible. Oxford: Oxford UP, 1989.
芥川龍之介　The Modern Series of English Literature（興文社、一九二四-五）。
――『芥川龍之介全集』第九巻（「自序跋」を収録）（岩波書店、一九七八）、第十三巻（『侏儒の言葉』を収録）（岩波書店、一九九六）、第十四巻（『河童』を収録）（岩波書店、一九九六）、第十五巻（『歯車』、『西方の人』、『続西方の人』を収録）（岩波書店、一九九七）、第十六巻（『或阿呆の一生』、『或旧友へ送る手紙』を収録）（岩波書店、一九九七）。

エルネスト・ルナン『イエス傳』津田穰訳（岩波書店、一九四一）。

『聖書』新共同訳（一九八七）。

ダーフィット・フリードリヒ・シュトラウス『イエスの生涯・緒論』生方卓他訳（世界書院、一九九四）。

ホメーロス『イーリアス』呉茂一訳（岩波書店、一九五六、一九九〇）。

III　研究書（バトラーの伝記、研究書、批評、論文など）

Bethke, Frederick John. *Three Victorian Travel Writers: An Annotated Bibliography of Criticism on Mrs. Frances Milton, Trollope, Samuel Butler, and Robert Louis Stevenson*. Boston: G. K. Hall, c1977.

Breuer, Hans-Peter. "Samuel Butler and George Frideric Handel." *Dalhousie Review* 55, No. 3 (1975): 467–90.

Buckley, Jerome H. *Season of Youth*. Cambridge [MA], Harvard UP: 1974.

Cohen, Philip. "Stamped on His Works: The Decline of Samuel Butler's Literary Reputation." *Journal of the Midwest Modern Language Association* 18, No. 1(1985): 64–81.

Dawson, Carl. "Strange Metamorphoses: Samuel Butler's *Unconscious Memory* and *The Way of All Flesh*." *Prophets of Past Time*. Baltimore: Johns Hopkins UP, 1988: 70–97.

Dentith, Simon. "Imagination and Inversion in Nineteenth-Century Utopian Writing." *Anticipations: Essays on Early Science Fiction and Its Precursors*. Ed. Davis Seed. Syracuse: Syracuse UP, 1995: 137–52.

Forster, E. M. "The Legacy of Samuel Butler." *Listener*, 12 June 1952: 955–6.

Gosse, Edmund. "Samuel Butler." *Aspects and Impressions*. London: Cassell and Company, 1922: 55–76.

Jones, Henry Festing. *Charles Darwin and Samuel Butler: A Step Towards Reconciliation*. London: A. C. Fifield, 13 Clifford's Inn, E.C., 1911.

——. *Samuel Butler, Author of Erewhon (1835–1902): A Memoir*. 2 vols. London: Macmillan, 1920.

Keynes, Geoffrey and Brian Hill, eds. *Letters between Samuel Butler & Miss E. M. A. Savage, 1871-1885*. London: Jonathan Cape, 1935.

Knoepflmacher, U. C. *Religious Humanism and the Victorian Novel: George Eliot, Walter Pater, and Samuel Butler*. Princeton, NJ: Princeton UP, 1965.

Paradis, James G., ed. *Samuel Butler, Victorian against the Grain*. Toronto: Toronto UP, 2007.

Pauly, Philip J. "Samuel Butler and His Darwinian Critics." *Victorian Studies* 25, No. 2 (winter 1982): 161–80.

Pritchett, V. S. *The Living Novel*. New York: Reymal & Hitchcock, 1947.

Shaffer, Elinor. *Erewhons of the Eye*. London: Reaktion Books, 1988.

Shaw, Bernard. *John Bull's Other Island with How He Lied to Her Husband and Major Barbara*. London: Constable and Company Limited, 1907.

——. "Butler When I was a Nobody." *The Saturday Review of Literature*, April 20 (1950).

Shuttleworth, Sally. "Evolutionary Psychology and *The Way of All Flesh*." *Samuel Butler, Victorian against the Grain*: 143–164.

Stillman, Clara G. *Samuel Butler*: *A Mid-Victorian Modern*. Port Washington, NY: Kennikat Press, 1972.

Sussman, Herbert. "Samuel Butler as Late-Victorian Bachelor: Regulating and Representing the Homoerotic." *Samuel Butler, Victorian against the Grain*: 170-194.

Woolf, Leonard. "Samuel Butler." *Essays on Literature, History, Politics, Etc*. London: Hogarth Press, 1927: 44–56.

Woolf, Virginia. *Collected Essays*. 2 vols. London: The Hogarth Press, 1966.

——. "A Man with a View." *Essays of Virginia Woolf*. Ed. Andrew McNeillie. Vol. 2. London: The Hogarth Press, 1987: 34–39.

Zemka, Sue. "*Erewhon* and the End of Utopian Humanism." *ELH* 69, No. 2 (2002): 439–72.

川本静子『イギリス教養小説の系譜』(研究社、一九七三)。

工藤好美「サミュエル・バトラー」『言語と文学』第三輯（台北帝國大學文政學部、一九三八）。
戸川秋骨『バトラー』英米文學評傳叢書（研究社、一九三四）。
山田章則『マイドー　倫敦』（熊本日日新聞情報文化センター、二〇〇四）。

IV　その他（進化論関係）

Barlow, Nora, ed. *The Autobiography of Charles Darwin 1809-1882*. 1958. New York: W. W. Norton & Company, 1969. 八杉龍一訳『ダーウィン自伝』（筑摩書房、一九七二）。

Bowler, Peter. *The Invention of Progress: The Victorians and the Past*. Oxford: Basil Blackwell, 1989. 岡嵜修訳『進歩の発明』（平凡社、1995）。

——. *The Non-Darwinian Revolution: Reinterpreting a Historical Myth*. Baltimore: Johns Hopkins UP, 1988. 松永俊男訳『ダーウィン革命の神話』（朝日新聞社、一九九二）。

——. *Evolution: The History of an Idea*. Berkeley: California UP, 1984. 鈴木善次他訳『進化思想の歴史』（朝日新聞社、一九八七）。

——. *Charles Darwin: The Man and His Influence*. London: Basil Blackwell, 1990. 横山輝雄訳『チャールズ・ダーウィン　生涯・学説・その影響』（(朝日新聞社、一九九七)。

Brooke, John Hedley. "The Crises of Evolution." *Science and Belief: From Copernicus to Darwin*. Ed. J. H. Brooke. London: The Open UP, 1974.

Chambers, Robert. *Vestige of the Natural History of Creation and Other Evolutionary Writings*. 1844. Ed. and Intro. James A. Secord. Chicago, IL: Chicago UP, 1994.

Churchill, Frederick. "Darwin and the Historian." *Biological Journal of the Linnean Society*. Vol. 17 (1982): 45–68.

Darwin, Charles. *On the Origin of Species by Means of Natural Selection, or the Preservation of Favoured Races in the Struggle for Life*. 1859. Oxford: Oxford UP, 1996.『種の起源』八杉龍一訳（岩波書店、一九六三）。

——. *A Journal of Researches into the Natural History and Geology of the Various Countries visited during the Voyage of H.M.S. Beagle round the World*. 1839. New York: P. F. Collier and Son, 1909.『ビーグル号航海記』島地威雄訳（岩波書店、一九五九）。

——. *The Descent of Man and Selection in Relation to Sex*. 1871. London: Penguin, 2004.『人間の進化と性淘汰』長谷川真理子訳（文一総合出版、一九九九）。

Dawkins, Richard. *The Blind Watchmaker*. London: Norton, 1986.

Ellegard, Alvar. *Darwin and the General Reader*. 1958. Chicago: Chicago UP, 1990.

Engels, Eve-Marie and Thomas F. Glick, eds. *The Reception of Charles Darwin in Europe*. 2 vols. (The Athlone Critical Traditions Series, ed., Elinor Shaffer) London: Continuum, 2008.

Gould, Stephen. *Ever Since Darwin: Reflections in Natural History*. London: Norton, 1977.

Haeckel, Ernst. *The History of Creation: or The Development of the Earth and its Inhabitants by the Action of Natural Causes*. 1868. 2 vols. London: Kegan Paul, 1899. Trans. of *Natürliche Schöpfungsgeschichte*.

Huxley, Julian. *Science, Religion, and Human Nature.* London: Watts, 1930.

Huxley, Thomas Henry. *The Major Prose of Thomas Henry Huxley*. Ed. Alan P. Barr. Athens, GA: Georgia UP, 1997.

Lamarck, J. B. *Zoological Philosophy: An Exposition with Regard to the Natural History of Animals*. 1809. Trans. Hugh Elliot. Chicago: Chicago UP, 1984. Trans. of *Philosophie Zoologique: Histoire Naturelle des Animaux*.

Lewontin, Richard. *Biology as Ideology: The Doctrine of DNA*. New York: Harper Perennial, 1992.

Lightman, Bernard. *Victorian Popularizers of Science*. Chicago: Chicago UP, 2007.

——. *Victorian Science in Context*. Chicago: Chicago UP, 1997.

Lyell, Charles. *Principles of Geology*. 1830–33. London: Penguin, 1997.
Moore, James R., ed. *History, Humanity and Evolution*. Cambridge: Cambridge UP, 1989.
Müller, Friedrich Max. *Introduction to the Science of Religion*. 1873. New York: Arno Press, 1978.
——. *Lectures on the Science of Language delivered at the Royal Institution of Great Britain*. London: Longman, 1861.
Paradis, James and Thomas Postlewait, eds. *Victorian Science & Victorian Values: Literary Perspective*. NJ: Rutgers UP, 1985.
—— and George C. Williams, eds. *Evolution and Ethics, T. H. Huxley's Evolution and Ethics with New Essays on Its Victorian and Sociobiological Context*. Princeton, NJ: Princeton UP, 1989.
Ruse, Michael, ed. *Evolutionary Naturalism: Selected Essays*. New York: Routledge, 1995.
——, ed. *Biology and the Foundation of Ethics*. Cambridge: Cambridge UP, 1999.
Spencer, Herbert. *The Principles of Biology*. 1864–67. New York: D. Appleton and Co., 1888.
——. *The Principles of Ethics*. 1879–93. 2 vols. Indianapolis, IN: Liberty Classics, 1978.
Tyndall, John. *Address Delivered Before the British Association Assembled at Belfast*. London: Longmans, 1874.
Weismann, August. *Essays upon Heredity and Kindred Biological Problems*. Oxford: The Clarendon Press, 1891.
Young, Robert M. *Darwin's Metaphor*. Cambridge: Cambridge UP, 1985.
『現代進化論の展開』「科学」編集部編（岩波書店、一九八二）。
『ダーウィニズム論集』八杉龍一訳（岩波書店、一九九四）。
内井惣七『ダーウィンの思想』（岩波書店、二〇〇九）。
松永俊男『ダーウィンをめぐる人々』（朝日新聞社、一九八七）。
——『ダーウィン前夜の進化論争』（名古屋大学出版会、二〇〇五）。
——『ダーウィンの時代』（名古屋大学出版会、一九九六）。

——『チャールズ・ダーウィンの生涯』（朝日新聞社、二〇〇九）。
横山輝雄『生物学の歴史』（放送大学教育振興会、一九九七）。

V　その他（思想、宗教、歴史、社会、文学的背景など）

Arnold, Matthew. “Literature and Science.” 1884. *Philistinism in England and America*. Ed. R. H. Super. Ann Arbor, MI: Michigan UP, 1974.

Beer, Gillian. *Darwin’s Plots: Evolutionary Narrative in Darwin, George Eliot and Nineteenth-Century Fiction*. London: Routledge, 1983.

——. *Open Fields: Science in Cultural Encounter*. Oxford: Oxford UP, 1996.

Briggs, Asa. *A Social History of England*. London: Weidenfeld and Nicolson, 1983.

Chadwick, Owen. *The Victorian Church*. Part 2. London: SCM Press, 1972.

Dawson, Gowan. *Darwin, Literature and Victorian Respectability*. Cambridge: Cambridge UP, 2007.

Dover, K.J. *Ancient Greek Literature*. Oxford: Oxford UP, 1980.

Desmond, Adrian and James Moore. *Darwin*. London: Penguin, 1992.

Frankena, William K. *Ethics*. Englewood Cliffs, NJ: Prentice-Hall, 1973.

Gilmour, Robin. *The Victorian Period: The Intellectual and Cultural Context of English Literature 1830–1890*. London: Longman, 1993.

Hartmann, Eduard von. *Philosophy of the Unconscious*. 1869. London: Routledge, 2000.

Haynes Roslynn D. *From Faust to Strangelove: Representation of the Scientist in Western Literature*. Baltimore: Johns Hopkins UP, 1994.

Jackson, Holbrook. *The 1890s*. London: The Cresset Library, 1988.

Jenkyns, Richard. *The Victorians and Ancient Greece*. Cambridge [MA]: Harvard UP, 1980.

Kettle, Arnold. *An Introduction to the English Novel*. 2 vols. London: Hutchinson University Library, 1953.

Levine, George. *Darwin and the Novelists*. Cambridge [MA]: Harvard UP, 1988.

——, ed. *One Culture: Essays in Science and Literature*. Wisconsin: Wisconsin UP, 1987.

Malthus, Thomas Robert. *An Essay on the Principle of Population*. 1798. New York: Dutton, 1958.

Mill, J. S. *On Liberty and Other Essays*. 1859. Oxford: Oxford UP, 1991.

Morton, Arthur Leslie. *The English Utopia*. London: Lawrence and Wishart, 1952. 上田和夫訳『イギリス・ユートピア思想』（未来社、一九六七）。

Morton, Peter. *The Vital Science: Biology and the Literary Imagination, 1960–1900*. London: Allen & Unwin, 1984.

Nicolson, Majorie H. and Nora Mohler. "Scientific Background of Swift's Voyage to Laputa." *Science and Imagination*. Ithaca: Cornell UP, 1956.

Paley, William. *Natural Theology; or Evidences of the Existence and Attributes of the Deity, Collected from the Appearances of Nature*. 1802. Rpt. in USA, n.p.: Lincoln-Rembrandt, 1990.

Snow, Charles Percy. *The Two Cultures*. Cambridge: Cambridge UP, 1993.

Temple, Frederic et al. *Essays and Reviews*. London: John Parker and Son, 1860.

Tawney, Richard Henry "The Rise of the Gentry, 1558–1640. " *The Economic History Review*, Vol. XI, No. 1, 1941. 浜林正夫訳『ジェントリの勃興』（未来社、一九五七）。

Tennyson, G. B., ed. *A Carlyle Reader*. Cambridge: Cambridge UP, 1969.

Trevelyan, G. M. *History of England*. London: Longmans, 1952.

——. *English Social History*. London: Longmans, 1965.

Turner, Frank M. *The Greek Heritage in Victorian Britain*. New Haven: Yale UP, 1981.

Vidler, Alec R. *The Church in an Age of Revolution*. London: Penguin, 1961.

Willey, Basil. *Nineteenth Century Studies*. London: Chatto & Windus, 1949.

——. *More Nineteenth Century Studies*. London: Chatto & Windus, 1963.

——. *Darwin and Butler: Two Versions of Evolution*. London: Chatto & Windus, 1960
石井康一「芥川の『河童』に見るサミュエル・バトラー」『福岡大学人文論叢』（福岡大学、一九八〇）。

井山弘幸・金森修著『現代科学論』（新曜社、二〇〇〇）。

内多毅監修『イギリスの風刺小説』（東海大学出版会、一九八七）。

荻野昌利『ヴィクトリア朝筆禍事件始末記』（英宝社、二〇〇七）。

『現代のバイブル　芥川龍之介「河童」注解』羽鳥徹哉他監修（勉誠出版、二〇〇七）。

後藤明生他『芥川龍之介』（群像　日本の作家　11）（小学館、一九九一）。

駒尺喜美『芥川龍之介の世界』（法政大学出版局、一九七二）。

柴田多賀治『芥川龍之介と英文学』（八潮出版社、一九九三）。

志保田務・山田忠彦・赤瀬雅子『芥川龍之介の読書遍歴――壮烈な読書のクロノロジー』（学芸図書株式会社、二〇〇三）。

清宮倫子『進化論の文学』（南雲堂、二〇〇七）。

関口安義『世界文学としての芥川龍之介』（新日本出版社、二〇〇七）。

――『この人を見よ　芥川龍之介と聖書』（小沢書店、一九九五）。

宮坂覺編『芥川龍之介作品論集成、第六巻、河童・歯車』（翰林書房、一九九九）。

村岡健次・川北稔編著『イギリス近代史』（ミネルヴァ書房、二〇〇三）。

――編『ジェントルマン・その周辺とイギリス近代』（ミネルヴァ書房、一九八七）。

村上陽一郎『文明のなかの科学』（青土社、一九九四）。

渡辺正雄編著『イギリス文学における科学思想』（研究社、一九八三）。

度會好一『世紀末の知の風景――ダーウィンからロレンスまで』（南雲堂、一九九二）。

バトラーの年表

一八三五　十二月四日イギリスのノッティンガムの牧師館で、シュルーズベリ・パブリック・スクール校長、後のリッチフィールド主教サミュエル・バトラー博士の孫、国教会牧師トマス・バトラーの長男として誕生。
一八四八　ケネディ博士が校長を務めるシュルーズベリ・パブリック・スクールに入学。
一八五四　ケンブリッジ大学セント・ジョンズ・コレジに入学。
一八五八　ケンブリッジ大学卒業。聖職叙任の準備のためにロンドンに行き、幼児洗礼に疑問を感じ、聖職を断念。
一八五九　ニュージーランドに渡り、カンタベリ・プロヴィンスで養羊業を営みながら、クライストチャーチの『プレス』紙に匿名で論文の投稿を開始。
一八六二　「種の起源のダーウィン・対話」を匿名で『プレス』に発表。
一八六三　イギリスの実家に送った手紙を元にして、『カンタベリ植民地の初めての年』を出版。「機械のなかの

一八六四　ダーウィン」を匿名で『プレス』に発表。
一八六五　充分な利益を上げて養羊業を処分し、チャールズ・ペイン・パウリという青年を伴いイギリスに帰国。ロンドンのクリフォード・インに居を構えて美術学校に通い、時々ロイヤル・アカデミー展覧会に油絵を出品。シャルル・ゴーギャンと知り合う。油絵『家族の祈り』を製作。
一八七〇　「機械のなかのダーウィン」の趣旨を別の角度から見た「酔った夜の業」を『プレス』に発表。パンフレット『四福音書にあるイエス・キリストの復活の証拠を批判的に吟味する』を発表。
一八七二　助言者にして理解者であったエライザ・メアリ・アン・サヴェジ嬢とこの頃知り合う。
一八七三　『エレホンあるいは山脈を越えて』を出版。
一八七四　パンフレット『四福音書にある……』を元に『良港』を発表。
一八七六　ナショナルギャラリー所蔵の油絵『ヘザリ氏の休日』をロイヤル・アカデミー展覧会に出品、特選となる。
一八七七　投資に失敗して経済的に追い詰められる。このころヘンリィ・フェスティング・ジョーンズと知り合う。
一八七八　『生命と習慣』を出版。
一八七九　詩「モントリオルの賛美歌」を『スペクテイター』に発表。
一八八〇　『新旧の進化論』を出版。「牧師の懐疑」と「知られた神と知られない神」を『イグザミナー』紙に発表。
クラウゼ著『エラズマス・ダーウィン』をめぐって、ダーウィンとの葛藤が始まる。『無意識の記憶』を発表。

一八八一　祖父のサミュエル・バトラーが遺したシュルーズベリの土地をめぐって相続問題で揉めていた父と和解し、纏まった金額を得て、ロンドンに小さな土地を購入するが、その管理に時間を取られる。『アルプスと聖域』を出版。
一八八三　ヘンデルのスタイルで作曲を開始。
一八八四　「モントリオルの賛美歌」と「ロマーニズの『動物の心的進化』批評」などを纏めて出版。
一八八五　サヴェジ嬢他界。この頃ジョーンズとピアノ曲を作曲。
一八八六　ケンブリッジ大学美術教授職に立候補して失敗。父の他界により、相続が発生し、経済的に安定。
一八八七　アルフレッド・エメリ・カシを雇い入れて、作品の整理を開始。『幸運あるいは狡知』を発表。サクロ・モンテを訪問。
一八八八　写真術を習い始める。サクロ・モンテなどの解説に写真を付けて『誓いの通りに』を発表。ヘンデル流カンタータである『ナーシサス』をジョーンズとともに発表。
一八九〇　「ダーウィニズムの行き詰まり」を発表。
一八九二　講演「ホメロスのユーモア」を労働者大学で行う。シチリア島に『オデュッセイアの女詩人』を書くための資料を集めに行く。
一八九五　ギリシアに、『イーリアス』の地理を確かめに行く。
一八九六　『サミュエル・バトラー博士の生涯と手紙』を発表。
一八九七　『オデュッセイアの女詩人』を発表。パウリ他界。
一八九八　『イーリアス』の散文英訳を完成。
一八九九　『シェイクスピアのソネット』を発表。

一九〇〇　『オデュッセイア』の散文英訳を完成。
一九〇一　『エレホン再訪』を完成。
一九〇二　六月十八日他界。
一九〇三　『肉なるものの道』出版。
一九〇七　一九一〇年まで、『ノートブックス』からの抜粋が、デズモンド・マッカーシーに依って編集され『ニュー・クオータリ・レヴュウ』に掲載。

	1876	Darwin, *The Effects of Cross and Self Fertilization in the Vegetable Kingdom*
Life and Habit	1877	Darwin, *The Different Forms of Flowers on Plants of the Same Species*
Evolution Old and New	1879	Spencer, *The Principles of Ethics*
Unconscious Memory	1880	Darwin, *The Power of Movement in Plants* Huxley, "Science and Culture"
Alps and Sanctuaries	1881	Darwin, *The Formation of Vegetable Mould Through the Action of Worms*
	1883	Weismann, *Essays Upon Heredity* Romanes, *Mental Evolution in Animals*
Luck or Cunning	1887	F. Darwin, ed., *Life and Letters of Charles Darwin*
Ex Voto *Narcissus*	1888	
"Deadlock in Darwinism"	1890	
	1892	Romanes, *Darwin, and after Darwin*
	1894	Huxley, *Evolution and Ethics*
The Life and Letters of Dr. Samuel Butler	1896	
The Authoress of the Odyssey	1897	
Shakespeare's Sonnets	1899	
Erewhon Revisited	1901	
The Way of All Flesh	1903	

対照年表

（バトラー・ダーウィン・進化論関係の著作）

バトラーの作品		ダーウィン・その他の人々の著作
	1839	Darwin, *Journal of Researches*
	1842	Darwin, "The Structure and Distribution of Coral Reefs"
	1844	Darwin, "Geological Observations of Volcanic Islands"
		Chambers, *Vestiges of the Natural History of Creation*
	1846	Darwin, *Geological Observations on South America*
	1859	Darwin, *On the Origin of Species*, 1 ed.
	1860	Darwin, *On the Origin of Species*, 2 ed.
"Darwin on the Origin of Species. A Dialogue"	1862	
A First Year in Canterbury Settlement	1863	Huxley, "Man's Place in Nature"
"Darwin among the Machines"		
"Family Prayers"	1864	Spencer, *The Principles of Biology*
"Lucubratio Ebria"	1865	
	1868	Darwin, *The Variation of Animals and Plants under Domestication*
		Haeckel, *Natürliche Schöpfungsgeschichte*（自然創造史）
	1869	Hartmann, *Philosophie des Unbewussten*（無意識の哲学）
	1870	Hering, *On Memory*
	1871	Mivart, *On the Genesis of Species*
		Darwin, *The Descent of Man*
Erewhon	1872	Darwin, *On the Origin of Species*, 6 ed.
		Darwin, *The Expression of the Emotions in Man and Animals*
The Fair Haven	1873	
"Mr Heatherley's Holiday"	1874	
	1875	Darwin, *The Movement and Habits of Climbing Plants*
		Darwin, *Insectivorous Plants*

あとがき

私は、二〇〇七年に『進化論の文学——ハーディとダーウィン』（南雲堂）を上梓した。これは、博士論文 *Darwinism in the Art of Thomas Hardy*（Proquest と雄松堂）の日本語版であり、約二十年の歳月を費やした研究を纏めたものである。しかしこの間、私はハーディとダーウィンという研究範囲から一歩も出ないわけではなかった。チャールズ・ダーウィンの進化論の衝撃を糧にして作品を作り出した作家たちの中で、トマス・ハーディの次に重要な人物としてサミュエル・バトラーがすでに鮮明に浮かび上っていた。そのことは、『進化論の文学』にも明記している。

その後二〇〇八年に、私はケンブリッジ大学で客員研究員として研鑽する機会を得たので、バトラーに研究の焦点を定めた。其所に幸運が待っていたのである。ひとつは人との巡り合いである。エリナ・シャファーという『目のエレホン』の著者であり、バトラー研究の先駆者であり、第一人者である学者が、前掲の英文の拙書に目を留めて下さり、それを契機として自発的に私の指導を引き受けて下さったのである。先生は、フェローとしてクレア・ホールにお住まいであった。もうひとつは、資料との出会いである。ケンブリッジ大学を構成する多くのコレジのひとつであり、バトラーの出身校であるセント・ジョンズ・コレジの付属図書館でサミュエル・バトラー・コレクション（口絵参照）を見付けたのである。このコレクションは、子供のいなかったバトラーの遺産の管理を任された親友ヘンリィ・フェスティング・ジョーンズが設立し、ケンブリッジ大学図書館、ブリティッシュ・ライブラリー、種々の博物館等の、大規模な施設には収められていない資料——彼の描いたスケッチ、残した蔵書、ノートブック、原稿、手紙、身の廻りの品々、彼についての研究書など——のうち、アメリカのウィリアムズ・カレジに提供されなかった資料が、すべて散逸を免れて集められていた。さらに、この図書館のジョナサン・ハリスン司書は、日参する私に心よく対応して下さった。

在英中、休日にはロンドンに出掛け、その際ゴーギャンが描いたバトラーの肖像画（口絵参照）を見るため、ナショナル・ポートレイト・ギャラリーを訪ねた。しかし、二〇〇八年には展示は無く、二〇〇九年にも展示予定は無いという事であった。念のためヴィクトリア朝時代の偉人たちの肖像が展示されている部屋を訪れると、チャールズ・ライエル、チャールズ・ダーウィン、T・H・ハクスレーら、十九世紀に進化論を奉じた科学者たちの大きな肖像画が飾られていた。バトラーは、巨人科学者ダーウィンに反発し、彼の進化論を批判した作家なので、このギャラリーに今、バトラーの居場所は無いのである。一方、ダーウィンの人気に翳りはない。ロンドンの自然史博物館は休日ともなると大変な混雑であるが、そこの正面玄関の奥に安置されているのはT・H・ハクスレーが一八八五年に贈った巨大なダーウィンの彫像である。ケンブリッジ大学図書館でもダーウィンの特集を組んだ催しを行い、市民対象の講演会もダーウィンをテーマにすると大入り満員なのである。

イギリス人は商品価値の有無を峻別するセンスに優れているが、一方では資料を大切にする国民でもある。一つの思想や学説が永遠に絶対的な真実ではあり得ない事を知っている。対立するものを抹殺せずに保管しておく。それはバランスを大切にする精神でもある。私は、ここにイギリスという国の文化の奥行を感じた。

欧米におけるサミュエル・バトラー研究において、二〇〇八年は記念すべき年と言える。ジェイムズ・パラディス編『サミュエル・バトラー——性分の合わないヴィクトリア朝人』が前年の十二月末に出版されていたからである。私はこれ以上のレベルの総合的なバトラー研究書を知らない。さらに、四月四、五、六日の三日間イギリスのダラム大学でダーウィン進化論の文学への影響をテーマにした学会が開催されたが、そこでもバトラーが盛んに取り上げられた。ダーウィン生誕二百年記念で『種の起源』出版百五十年記念の二〇〇九年を翌年に控えてこのような動きがあったというのは見事である。日本においてもバトラー研究が無かったわけではない（参考文献を参照）。しかし、進化論の理解が障壁になり十分な全体像が描かれる事は無かった。今この作家と作品の全体像を私が求めたのは、それが、今後の英文学研究において特に必要と思えたからばかりではない。文学と科学が乖離しているように見える現代の文化を見直してみる好機になると考えたからに他ならない。

ハーディに対するダーウィンの影響を追究する過程でバトラー研究に着手した私は、この書をダーウィン進化論の文学への影響の研究第二弾として上梓する。すなわち、『進化論の文学――ハーディとダーウィン』の続編と位置付けている。ハーディもバトラーも、ダーウィン進化論の要諦である自然選択説を完全に理解し、そこから強いインパクトを受け、脅威を感じ、それを創作の糧にしたのである。ダーウィン進化論の「最適者生存」説に対し、ハーディは、「仁愛」を人間性の中に認める事により、救いを示唆していると考察した。バトラーの場合も大筋同様である。しかし、選んだジャンルは異なる。ハーディが、小説の中でも物語に依存するジョージ・エリオットらの典型的なヴィクトリア朝小説や、ウィリアム・ワーズワスやアルフレッド・テニスンの系統を引く伝統的イギリス詩を選んだのに対し、バトラーは、十八世紀に遡るジョナサン・

スウィフトの『ガリヴァー旅行記』などを祖とする空想的な風刺物語や、十九世紀にドイツに興った、ゲーテの『ウィルヘルム・マイスター』などを祖とする教養小説や、評論を選択した。このように、両者は異なる分野を得意としていた。このことは、私にとっては興味深く、有難いことに、ダーウィン進化論のインパクトが、如何に文学作品を創作する際のインスピレーションとなるか、その可能性に対する視野の拡大をもたらしてくれた。

本書はもちろん私ひとりの力で完成したものではない。先ず、今もケンブリッジでバトラーのノートブックを再整理し、出版の準備をされているシャファー先生に最大の感謝を捧げたい。またヨーク大学のバーナード・ライトマン教授は、メールで自著を紹介して下さり、重要なヒントを与えて下さった。日本女子大学名誉教授の出淵敬子先生にも変わらぬ支援を賜った。南雲堂の原信雄さんには、前作に引き続き励ましと有益なご助言、さらに推敲、校正過程において多大な御助力を頂いた。皆様に厚くお礼を申しあげる。最後に、本書をケンブリッジ大学セント・ジョンズ・コレジに寄贈することをお許し頂きたい。前述のジョナサンに、ご親切に対してお礼を差し上げたいと申し出た折、あなたの今度の著書をここに置かせて頂くだけで結構です、とバトラー・コレクションのまだ塞がっていない書棚を指差されたからである。

本書はすべて書下しである。因みに「Darwin 進化論とイギリス文化研究の現在」(『英語青年』二〇〇九年一月号、研究社)は、草稿の段階にあった本書の序論と第一章の一部を提供したものである。
なお、口絵のうちセント・ジョンズ・コレジ所蔵のものはすべて、同コレジの学寮長とフェローが、許可とともに無償で提供して下さったものである。この場を借りて同コレジに謹んでお礼を申しあげる。

二〇〇九年八月三十日

清宮倫子

索　引

＊本文および註にある人名・作品名・事項のうち本論にとって重要なもの，論旨にとってそれが重要と思われる頁を選んだ。表記は日本語で知られているもの以外は英語に従い，年号は原則として初出とし，引用・参考文献に記述のある著作の年号のうち新しいものと，人物の生没年の不明のものは省いた。

アイロニー　146　→皮肉
芥川龍之介（1892-1927）
　『或阿呆の一生』148，160-2
　『或旧友へ送る手記』164
　『河童』148，153-8
　『現代英文学』*The Modern Series of English Literature* 149
　『侏儒の言葉』149-52
　『西方の人』148，158-60
　『続西方の人』158
　『歯車』148，160-62
アーノルド Matthew Arnold（1822-88）48，73
　「文学と科学」Literature and Science（1884）169
アフォリズム 125，134-5
イエス・キリスト Jesus Christ 54-59，77，112-3，159-60
遺伝 18-19，36，60-61，89-90，122，130-1，149，153
ヴィクトリア朝 8-10，16，49-59，83-84，91，98-9，102，126
ウィルバーフォース Samuel Wilberforce（1805-73）28
ウィレー Basil Willey（1897-1978）20-21，37，171
　『ダーウィンとバトラー』*Darwin and Butler*（1959）21，167
　『十九世紀イギリス思想再考』*More Nineteenth Century Studies*（1963）113
ウェッジウッド一世 Josiah Wedgwood 39，41-2 →ウェッジウッド家
ウェッジウッド家 43
ウルフ Virginia Woolf（1882-1941）14，29
　「ベネット氏とブラウン夫人」Mr Benett and Mrs. Brown（1924）14
X クラブ 46，138
英国科学振興協会（the British Association for the Advancement of Science）28，140，143
英国国教会 28，52，55，59，65，100
エリオット George Eliot（1819-80）10，15，55
王立協会（the Royal Society）41，140，142-3
音楽銀行 55，77，95-7，172

諧謔 147，152-3　→皮肉
科学解説者 45-6，51，64-6
覚醒 107，109，111，121，123
獲得形質 18-20，122
カーライル Thomas Carlyle（1795-1881）104，172
金 15-6，39，42-3，95-8，100，116，128，132，138
神 9，32，55，77，96-7，101，106，123-4，159
記憶 60-2，64
機械 47，54，60，65，91-5，103，142，156

共通起源説 17, 32, 54, 92, 102, 113-4
教養小説 79, 104-6
偶然 33, 60, 90, 149
クラウゼ Ernst Krause 23-7
『エラズマス・ダーウィン』*Erasmus Darwin* 23
ゲーテ Johann Wolfgang von Goethe (1749-1832)
『ウィルヘルム・マイスター』*Wilhelm Meister* (1796-1829) 104
言説 (discourse) 10, 20, 127, 145
ケンブリッジ大学 11, 20, 22, 38-9, 40-1, 44, 108-9, 112-3, 139
功利主義 87-9, 122-3, 144
高教会派 28, 59, 109, 170 →英国国教会
広教会派 59, 65, 78-9, 170 →英国国教会
ゴーギャン Charles Gogin (1848-1903) 67, 69
ゴス Edmund Gosse (1849-1928) 167
『コスモス』*Cosmos* 23-7

最適者生存 33, 54
サヴェジ Eliza Mary Ann Savage (1835-1885) 15, 80, 119-20
サクロ・モンテ 12, 67
シェイクスピア William Shakespeare (1564-1616) 73-6, 129
ジェントリ 39-42, 46-8, 51, 110, 124, 138-41, 168
自然科学 8-9, 21, 29, 41, 46, 51, 59-60, 102, 133, 138-46, 151-2
自然選択 17-9, 21, 32-3, 35-7, 59, 63-4, 88-9, 115, 123, 165-7
社会主義 51, 127
社会的本能 87, 90, 115
ジャクスン Holbrook Jackson (1874-1948)
『1890年代—19世紀末の芸術と思想』*The Eighteen Nineties* (1927) 169
シュトラウス David Friedrich Strauss (1808-74) 56-7, 59, 169-70
『イエスの生涯』*Das Leben Jesu* (1835-36) 55
ショウ George Bernard Shaw (1856-1950)
『バーバラ少佐』*Major Barbara* (1905) 13
叙事詩 70-3
ジョーンズ Henry Festing Jones (1851-1928) 11, 15, 22, 30, 125, 166
スウィフト Jonathan Swift (1667-1745)
『ガリヴァー旅行記』*Gulliver's Travels* (1726) 53, 86, 143-4, 157
スティーヴン Leslie Stephen (1832-1904) 29, 58, 88
スペンサー Herbert Spencer (1820-1903) 19, 33, 63, 65, 123, 168
『倫理学原理』*The Principles of Ethics* (1879-93) 88
性愛 104, 157
性選択 115
関口安義 153, 161
聖書 55-9, 96-7, 112-3, 125, 159-60, 163, 173
聖書高等批評 55-9, 112-3, 169
漸進説 17, 92, 166
総合学説 18, 20

ダーウィン Erasmus Darwin (1731-1802) 23-7, 32, 39-42
『ゾーノミア』*Zoonomia* (1794-96) 62
ダーウィン Charles Darwin (1809-82)
『ビーグル号航海記』*Journal of Researches* (1839) 7, 43-4, 165
『種の起源』*On the Origin of*

Species (1859) 7-8, 12, 17-8, 20, 32-3, 36-7, 47, 50, 52, 57, 101, 112, 114-5, 165
『ダーウィン自伝』*Autobiography of Charles Darwin, ed. Barlow* 7, 22-3, 25, 27, 37, 42, 47
『人間の由来』*The Descent of Man* (1871) 36, 43, 87, 94, 114-5
ダーウィン Francis Darwin (1848-1925) 30, 167-8
タバケッティ Jean de Wespin, Tabachetti 68
チェインバーズ Robert Chambers (1802-71)
『創造の自然史の痕跡』*Vestige of the Natural History of Creation* (1844) 46, 112
直覚主義 87-9, 122-4
DNA 19, 166
低教会派 59, 109, 170 →英国国教会
適応 33, 65, 79, 115 →最適者生存
天才 130, 152
倒錯 86, 89, 99, 155-6
トートロジー 33, 39

内在力 36, 60-2
新渡戸稲造 158
人間性 53, 88, 145
『ネイチャー』*Nature* 30, 46, 167
ネオダーウィニズム 18-9, 35
ネオラマルキズム 19-20

パウリ Charles Paine Pauli 15-6, 76
パウロ Paul 58, 159
ハクスレー Julian Huxley (1887-1975) 19
『科学・宗教・人間性』*Science, Religion, and Human Nature* (1930) 145
ハクスレー Thomas Henry Huxley (1825-95) 9, 19, 28-9, 33-4, 36-7, 46-8, 123-4, 138, 140, 168-9
『進化と倫理』*Evolution and Ethics* (1894) 88
ハーディ Thomas Hardy (1840-1928) 10, 54
バトラー Samuel Butler, Dr (1774-1839) 10, 70
バトラー Samuel Butler (1835-1902)
『アルプスと聖域』*Alps and Sanctuaries* 12, 67
『イーリアス』*The Iliad of Homer Rendered into English Prose* 13, 70-1, 130
『エレホンあるいは山脈を越えて』*Erewhon, or Over the Range* 11, 13, 52-4 76-7, 83-103
『エレホン再訪』*Erewhon Revisited* 13, 49, 70, 76-9
『オデュッセイア』*The Odyssey of Homer Rendered into English Prose* 13, 70-3
『オデュッセイアの女詩人』*The Authoress of the Odyssey* 13, 70-1, 76, 148
『カンタベリ植民地の初めての年』*A First Year in Canterbury Settlement and Other Early Essays* 44
「機械のなかのダーウィン」Darwin among the Machines 52, 91, 148
『サミュエル・バトラー博士の生涯と手紙』*The Life and Letters of Dr. Samuel Butler* 70
『シェイクスピアのソネット』*Shakespeare's Sonnets* 13, 70, 73-6
『四福音書にあるイエス・キリストの復活の証拠を批判的に吟味する』*The Evidence for the Resurrection of Jesus Christ as*

contained in the Four Evangelists critically examined 52
「種の起源のダーウィン・対話」Darwin on The Origin of Species. A Dialogue 12, 36, 50, 52, 66
『新旧の進化論』*Evolution Old and New* 13, 22-26, 31-2, 37, 47, 59, 62-4
『生命と習慣』*Life and Habit* 11, 13, 36-7, 52, 59-61, 79, 106, 130, 148
『誓いの通りに』*Ex Voto* 12, 68, 80
『ナーシサス』*Narcissus* 12, 80
『肉なるものの道』*The Way of All Flesh* 13-4, 16, 49, 56, 79, 104-24, 165-6
『ノートブックス』*The Note-Books of Samuel Butler* 11, 31-2, 69, 81, 125-37, 166
『ヘザリ氏の休日』*Mr. Heatherley's Holiday* 12
『無意識の記憶』*Unconscious Memory* 13, 29-30, 59, 64
「酔った夜の業」Lucubratio Ebria 52, 91-2
『良港』*The Fair Haven* 13, 52, 54-8, 77, 112-3, 159
バトラー Joseph Butler (1692-1752) 88
バックレー Jerome H. Buckley 104, 106, 117
バッハ Johann Sebastian Bach (1685-1750) 81-2, 129
バニヤン John Bunyan (1628-88) 129
『天路歴程』*The Pilgrim's Progress* (1678-84) 106
ハルトマン Karl Robert Eduard von Hartmann (1842-1906)
『無意識の哲学』*The Philosophy of the Unconscious* (1869) 64
ビア Gillian Beer (1935-)
『ダーウィンのプロット』*Darwin's Plots* 7-8, 10
皮肉 31, 51, 101, 126, 146, 152
非目的論 21, 32, 46, 64
ヒューウェル William Whewell (1794-1866) 139-40
風刺 16, 49, 52-5, 65, 73, 76, 84, 89, 97-8, 101-2, 106-7, 144, 146, 156-7, 159, 164
フェラーリ Gaudenzio Ferrari (c. 1484-?) 68, 70
福音書 56, 96-7, 112-3 →聖書
部族間選択 87, 114-5
ビュフォン Georges-Louis Leclerc, comte de Buffon (1707-1788) 32, 63
フォースター Edward Morgan Forster (1879-1970) 14
不可知論 88, 138
『プレス』*The Press* 12, 15, 50, 52
文脈主義 (contextualism) 9
ペイリー William Paley (1743-1805) 9, 92, 171
『自然神学』*Natural Theology* (1802) 65
ヘインズ Roslynn D. Haynes 141
ヘーゲル Georg Wilhelm Friedrich Hegel (1770-1831) 55-6, 169
ヘリング Ewald Hering (1834-1918) 64
ヘンデル George Frideric Handel (1685-1759) 12, 80-1, 117, 123-4, 129
ボウラー Peter Bowler (1944-)
『進化思想の歴史』*Evolution: The History of an Idea* 18
『進歩の発明』*The Invention of Progress* 101
ホメロス Homer 71, 129
『イーリアス』*Iliad* 13, 70-1, 73, 130
『オデュッセイア』*Odyssey* 13,

70-1, 73, 170
本能 36, 61, 64

マイヴァート St. George Jackson Mivart (1827-1900) 36-7, 65, 168
ミッシング・リンク 94
ミュラー Max Müller (1823-1900) 101
ミル John Stuart Mill (1806-73) 88
無意識 60-1, 93
メンデル Gregor Johann Mendel (1822-84) 18-9
モア Sir Thomas More (1478-1535)
『ユートピア』 *Utopia* (1516) 53, 99

ヤング Robert M.Young (1935-) 171
『ダーウィンの隠喩』 *Darwin's Metaphor* 9
ユートピア 53, 99-100, 132, 142, 154

ライエル Charles Lyell (1797-1875)
『地質学原理』 *The Principle of Geology* (1830-33) 168
ライトマン Bernard Lightman 64-5, 141, 168, 170
ラスキン John Ruskin (1819-1900) 68-9
『ヴェネチアの石』 *The Stones of Venice* (1851-3) 68
ラダイト 94-5, 156
ラファエロ前派 68
ラマルク Jean de Lamarck (1744-1829) 17-8, 23, 32-3, 37, 60-3, 168
『動物哲学』 *Philosophie Zoologique* (1809) 18, 37-8, 62
利己主義 88, 123
利他主義 88, 123
ルナー協会 41, 167
ルナン Ernest Renan (1823-92) 159
レヴァイン George Levine 145
ロイヤル・アカデミー (the Royal Academy) 12
ロマーニズ George John Romanes (1948-1894) 30-1, 34-5, 47-8
『論文と評論』 *Essays and Reviews* (1860) 112-3, 170

ワイスマン August Weismann (1834-1914) 18-9
『遺伝について』 *Essays upon Heredity* (1883) 166
ワイルド Oscar Wilde (1854-1900) 171
ワトスン James Watson (1928-) 19

著者について

清宮倫子（せいみや　みちこ）

一九四六年東京生まれ。日本女子大学文学部英文学科卒業後、同大学大学院文学研究科修士課程修了、早稲田大学大学院文学研究科博士課程後期単位取得退学。文学博士。

現在、茨城キリスト教大学文学部現代英語学科教授。著書『進化論の文学──ハーディとダーウィン』（南雲堂）、*Darwinism in the Art of Thomas Hardy*（雄松堂・Proquest）、共著『読書する女性たち』（彩流社）など。

seimiyabox@nifty.com

ダーウィンに挑んだ文学者
──サミュエル・バトラーの生涯と作品

二〇一〇年二月十八日　第一刷発行

著　者　清宮倫子
発行者　南雲一範
装幀者　岡孝治
発行所　株式会社南雲堂
東京都新宿区山吹町三六一　郵便番号一六二-〇八〇一
電話東京｛（〇三）三二六八-二三八四（営業部）
（〇三）三二六八-二三八七（編集部）
振替口座　〇〇一六〇-〇-四六八六三
ファクシミリ（〇三）三二六〇-五四二五

印刷所　壮光舎
製本所　長山製本所
乱丁・落丁本は、小社通販係宛送付下さい。
送料小社負担にて御取替えいたします。
〈IB-312〉〈検印廃止〉

ISBN 978-4-523-29312-5 C3098